Weihnachten in den Bergen

Das Buch

Es ist ein ganz wunderbarer Zauber, der die Bergwelt begleitet: verschneite Tannen, glasklare Nächte unter einem glitzernden Sternenhimmel, der Gang zur Christmette hinab ins Dorf. Der Faszination dieses Festes und der damit verbundenen Sitten und Bräuche haben sich traditionell Generationen alpenländischer Schriftsteller angenommen. Ihre schönsten Geschichten sind in diesem liebevoll zusammengestellten Band versammelt.

Von Ursula Wagner sind in unserem Hause außerdem erschienen:

Weihnachten auf dem Land
Zu Bethlehem geboren

Ursula Wagner (Hg.)

Weihnachten in den Bergen

Die schönsten Geschichten

List Taschenbuch

Besuchen Sie uns im Internet:
www.list-taschenbuch.de

Umwelthinweis:
Dieses Buch wurde auf chlor- und säurefreiem Papier gedruckt.

List Verlag
List ist ein Verlag des Verlagshauses Ullstein Heyne List
GmbH & Co. KG
Dezember 2002

Umschlagkonzept: HildenDesign, München – Stefan Hilden
Umschlaggestaltung: Hauptmann und Kampa Werbeagentur,
CH–Zug
Titelabbildung: photonica / Mogumu Wada
Druck und Bindearbeiten: Ebner & Spiegel, Ulm
Printed in Germany
ISBN 3-548-60308-4

Inhalt

Peter Rosegger

Einer Weihnacht Lust und Gefahr

In unserer Stube, an der mit grauem Lehm übertünchten Ofenmauer, stand jahraus, jahrein ein Schemel aus Ahornholz. Er war immer glatt und rein gescheuert, denn er wurde, wie die anderen Stubengeräte, jeden Samstag mit feinem Bachsande und einem Strohwisch abgerieben. In der Zeit des Frühlings, des Sommers und des Herbstes stand dieser Schemel leer und einsam in seinem Winkel, nur zur Abendzeit zog ihn die Ahne etwas weiter hervor, kniete auf denselben hin und verrichtete ihr Abendgebet. Als aber der Spätherbst kam mit den langen Abenden, an welchen die Knechte in der Stube aus Kienscheitern Leuchtspäne kloben, und die Mägde sowie auch meine Mutter und Ahne Wolle und Flachs spannen, und als die Adventszeit kam, in welcher an solchen Span- und Spinnabenden alte Märchen erzählt und geistliche Lieder gesungen wurden, da saß ich beständig auf dem Schemel am Ofen.

Aber die langen Adventnächte waren bei uns immer sehr kurz. Bald nach zwei Uhr begann es im Hause unruhig zu werden. Oben auf dem Dachboden hörte man die Knechte, wie sie sich ankleideten und umhergingen, und in der Küche brachen die Mägde Späne ab und schürten am Herde. Dann gingen sie alle auf die weite Tenne zum Dreschen.

Auch die Mutter war aufgestanden und hatte in der Stube Licht gemacht; bald darauf erhob sich der Vater, und sie zogen Kleider an, die nicht ganz für den Werktag und auch nicht ganz für den Feiertag waren. Dann sprach die Mutter zur Ahne, die im Bett lag, einige Worte, und wenn ich, erweckt durch die Unruhe, auch was sagte, so gab sie mir zur Antwort: »Sei du nur schön still und schlaf!« – Dann zündeten meine Eltern eine Laterne an, löschten das Licht in der Stube aus und gingen aus dem Hause. Ich hörte noch die äußere Türe gehen, und ich sah an den Fenstern den Lichtschimmer vorüberflimmern, und ich hörte das Ächzen der Tritte im Schnee, und ich hörte noch das Rasseln des Kettenhundes. – Dann wurde es ruhig, nur war das dumpfe, gleichmäßige Pochen der Drescher zu vernehmen, dann schlief ich wieder ein.

Der Vater und die Mutter gingen in die mehrere Stunden entfernte Pfarrkirche zur Rorate. Ich träumte ihnen nach, ich hörte die Kirchenglocken, ich hörte den Ton der Orgel und das Adventlied: Maria, sei gegrüßet, du lichter Morgenstern! Und ich sah die Lichter am Hochaltare, und die Engelein, die über demselben standen, breiteten ihre goldenen Flügel aus und flogen in der Kirche umher, und einer, der mit der Posaune über dem Predigtstuhl stand, zog hinaus in die Heiden und in die Wälder und blies es durch die ganze Welt, daß die Ankunft des Heilandes nahe sei.

Als ich erwachte, strahlte die Sonne schon lange zu den Fenstern herein, und draußen flimmerte der Schnee, und die Mutter ging wieder in der Stube umher und war in Werktagskleidern und tat häusliche Arbeiten. Das Bett der Ahne neben dem meinigen war auch schon geschichtet, und die Ahne kam nun von der Küche herein und half mir die Höschen anziehen und wusch mein Gesicht mit kaltem Wasser, daß ich aus Empfindsamkeit zugleich weinte und lachte. Als dieses geschehen war, kniete ich auf meinen Schemel hin und betete mit der Ahne den Morgensegen:

In Gottes Namen aufstehen,
Gegen Gott gehen,
Gegen Gott treten,
Zum himmlischen Vater beten,
Daß er uns verleih'
Lieb' Engelein drei:
Der erste, der uns weist,
Der zweite, der uns speist,
Der dritte, der uns behüt' und bewahrt,
Daß uns an Leib und Seel' nichts widerfahrt.

Nach dieser Andacht erhielt ich meine Morgensuppe, und nach derselben kam die Ahne mit einem Kübel Rüben, die wir nun zusammen zu schälen hatten. Ich saß dabei auf meinem Schemel. Aber bei dem Schälen der Rüben konnte ich die Ahne nie vollkommen befriedigen; ich schnitt stets eine zu dicke Schale, ließ sie aber stellenweise doch wieder ganz auf der Rübe. Wenn ich mich dabei gar in den Finger schnitt und gleich zu weinen begann, so sagte die Ahne immer sehr unwirsch: »Mit dir ist wohl ein rechtes Kreuz, man soll dich frei hinauswerfen in den Schnee!« Dabei verband sie mir die Wunde mit unsäglicher Sorgfalt und Liebe. So vergingen die Tage des Advents, und ich und die Ahne sprachen immer häufiger und häufiger von dem Weihnachtsfeste und von dem Christkinde, das nun bald kommen werde.

Je mehr wir dem Feste nahten, um so unruhiger wurde es im Hause. Die Knechte trieben das Vieh aus dem Stalle und gaben frische Streu hinein und stellten die Barren und Krippen zurecht; der Halterbub striegelte die Ochsen, daß sie ein glattes Aussehen bekamen; der Futterbub mischte mehr Heu in das Stroh als gewöhnlich und bereitete davon einen ganzen Stoß in der Futterkammer. Die Kuhmagd tat das gleiche. Das Dreschen hatte schon einige Tage früher aufgehört, weil man durch den Lärm die nahen Feiertage zu entheiligen glaubte.

Im ganzen Hause wurde gewaschen und gescheuert, selbst in die Stube kamen die Mägde mit ihren Wasserkübeln und Strohwischen und Besen hinein. Ich freute mich immer sehr auf dieses Waschen, weil ich es gern hatte, wie alles drunter und drüber gekehrt wurde, und weil die Heiligenbilder im Tischwinkel, die braune Schwarzwälder Uhr mit ihrer Metallschelle und andere Dinge, die ich immer sonst nur von der Höhe zu sehen bekam, herabgenommen und mir näher gebracht wurden, so daß ich alles viel genauer betrachten konnte. Freilich war nicht erlaubt, dergleichen Dinge anzurühren, weil ich noch zu ungeschickt und unbesonnen dafür wäre und die Gegenstände leicht beschädigen könnte. Aber es gab doch Augenblicke, da man im eifrigen Waschen und Reiben nicht auf mich achtete.

In einem solchen Augenblicke kletterte ich einmal über den Schemel auf die Bank und von der Bank auf den Tisch, der aus seiner gewöhnlichen Stellung gerückt war und auf dem die Schwarzwälder Uhr lag. Ich machte mich an die Uhr, von der die Gewichte über den Tisch hingen, sah durch ein offenes Seitentürchen in das messingene, sehr bestaubte Räderwerk hinein, tupfte einigemal an die kleinen Blätter des Windrädchens und legte die Finger endlich selbst an das Rädchen, ob es denn nicht gehe; aber es ging nicht. Zuletzt rückte ich auch ein wenig an einem Holzstäbchen, und als ich das tat, begann es im Werk fürchterlich zu rasseln. Einige

Räder gingen langsam, andere schneller, und das Windrädchen flog, daß man es kaum sehen konnte. Ich war unbeschreiblich erschrocken, ich kollerte vom Tisch über Bank und Schemel auf den nassen, schmutzigen Boden hinab; da faßte mich schon die Mutter am Röcklein. Das Rasseln in der Uhr wollte gar nicht aufhören, und zuletzt nahm mich die Mutter mit beiden Händen und trug mich in das Vorhaus und schob mich durch die Tür hinaus in den Schnee und schlug die Türe hinter mir zu. Ich stand wie vernichtet da, ich hörte von innen noch das Greinen der Mutter, die ich sehr beleidigt haben mußte, und ich hörte das Scheuern und Lachen der Mägde und noch immer das Rasseln der Uhr. Als ich eine Weile dagestanden und geschluchzt hatte, und als gar niemand gekommen war, der Mitleid mit mir gehabt hätte, ging ich nach dem Pfade, der in den Schnee getreten war, über den Hausanger und über das Feld dem Walde zu. Ich wußte nicht, wohin ich wollte, dachte auch nicht weiter daran.

Aber ich war noch nicht zu dem Walde gekommen, als ich ein grelles Pfeifen hörte. Das war das Pfeifen der Ahne. »Wo willst du denn hin, dummes Kind«, rief sie, »wart, wenn du so im Wald herumlaufen willst, so wird dich schon die Mooswaberl abfangen, wart nur!«

Auf dieses Wort kehrte ich augenblicklich um gegen das Haus, denn die Mooswaberl fürchtete ich sehr.

Ich ging aber immer noch nicht hinein, ich blieb im Hofe stehen, wo der Vater und zwei Knechte gerade ein Schwein aus dem Stalle zogen, um es abzustechen. Über das ohrenzerreißende Schreien des Tieres und über das Blut, das ich nun sah und das eine Magd in einem Topf auffing, vergaß ich das Vorgefallene, und als der Vater im Vorhaus das Schwein abhäutete, stand ich schon wieder dabei und hielt die Zipfel der Haut, die er mit einem großen Messer von dem speckigen Fleisch immer mehr und mehr lostrennte. Als später die Eingeweide herausgenommen waren und die Mutter Wasser in das Becken goß, sagte sie zu mir: »Geh weg da, sonst wirst du ganz angespritzt!«

Aus diesen Worten entnahm ich, daß die Mutter mit mir wieder versöhnt sei, und nun war alles gut, und als ich in die Stube kam, um mich zu erwärmen, stand da alles an seinem gewöhnlichen Platz. Boden und Wände waren noch feucht, aber rein gescheuert, und die Schwarzwälder Uhr hing wieder an der Wand und tickte. Und sie tickte viel lauter und heller durch die neu hergestellte Stube als früher.

Endlich nahm das Waschen und Reiben und Glätten ein Ende, im Hause wurde es ruhiger, fast still, und der Heilige Abend war da. Das Mittagsmahl am Heiligen Abend wurde nicht in der Stube eingenommen, sondern in der Küche, wo man das Nudelbrett als Tisch eignete und sich um dasselbe herumsetzte und das einfache Fastengericht still, aber mit gehobener Stimmung verzehrte.

Der Tisch in der Stube war mit einem schneeweißen Tuche bedeckt, und vor dem Tische stand mein Schemel, auf welchen sich zum Abend, als die Dämmerung einbrach, die Ahne hinkniete und still betete.

Mägde gingen leise durch das Haus und bereiteten ihre Festtagskleider vor, und die Mutter tat in einen großen Topf Fleischstücke, goß Wasser daran und stellte ihn zum Herdfeuer. Ich schlich in der Stube auf den Zehenspitzen herum und hörte nichts als das lustige Prasseln des Feuers in der Küche. Ich blickte auf meine Sonntagshöschen und auf das Jöppel und auf das schwarze Filzhütlein, das schon an einem Nagel der Wand hing, und dann blickte ich durch das Fenster in die hereinbrechende Dunkelheit hinaus. Wenn kein ungünstiges Wetter eintrat, so durfte ich in der Nacht mit dem Großknecht in die Kirche gehen. Und das Wetter war ruhig, und es würde auch, wie der Vater sagte, nicht allzu kalt werden, weil auf den Bergen Nebel liege. Unmittelbar vor dem »Rauchengehen«, in welchem Haus und Hof nach alter Sitte mit Weihwasser und Weihrauch besegnet wird, hatten der Vater und die Mutter einen kleinen Streit. Die Mooswaberl war dagewesen, hatte glückselige Feiertage gewünscht, und die Mutter hatte ihr für den Festtag ein Stück Fleisch geschenkt. Darüber war der Vater etwas ungehalten; er war sonst ein Freund der Armen und gab ihnen nicht selten mehr, als unsere Verhältnisse es erlauben wollten, aber der Mooswaberl sollte man seiner Meinung nach kein Almosen reichen. Die Mooswaberl war ein Weib, das gar nicht in die Gegend gehörte, das unbefugt in den Wäldern umherstrich, Moos und Wurzeln sammelte, in halbverfallenen Köhlerhütten Feuer machte und schlief. Daneben zog sie bettelnd zu den Bauernhöfen, wollte Moos verkaufen, und da sie keine Geschäfte machte, verfluchte sie das Leben. Kinder, die sie ansah, fürchteten sich entsetzlich vor ihr, und viele wurden krank; Kühen tat sie an, daß sie rote Milch gaben.

Wer ihr eine Wohltat erwies, den verfolgte sie einige Minuten und sagte ihm: »Tausend und tausend Vergelt's Gott bis in den Himmel hinauf.«

Wer sie aber verspottete oder sonst auf irgendeine Art beleidigte, zu dem sagte sie: »Ich bete dich hinab in die unterste Höllen!«

Die Mooswaberl kam oft zu unserem Hause und saß gern vor demselben auf dem grünen Rasen oder auf dem Querbrett der Zaunstiegel trotz des heftigen Bellens und Rasselns unseres Kettenhundes, der sich gegen dieses

Weib besonders unbändig zeigte. Aber die Mooswaberl saß so lange vor dem Hause, bis die Mutter ihr eine Schale Milch oder ein Stück Brot oder beides hinaustrug. Meine Mutter hatte es gern, wenn das Weib sie durch ein tausendfaches Vergelt's Gott bis in den Himmel hinauf wünschte. Der Vater legte dem Wunsch dieser Person keinen Wert bei, war er ein Segensspruch oder ein Fluch.

Als man draußen in einem Dorfe vor Jahren das Schulhaus baute, war dieses Weib mit dem Manne in die Gegend gekommen und hatte bei dem Baue mitgeholfen, bis er bei einer Steinsprengung getötet wurde. Seit dieser Zeit arbeitete sie nicht mehr und zog auch nicht fort, sondern trieb sich herum, ohne daß man wußte, was sie tat und was sie wollte. Zum Arbeiten war sie nicht mehr zu bringen; sie schien geisteskrank zu sein.

Der Richter hatte die Mooswaberl schon mehrmals aus der Gemeinde gewiesen, aber sie war immer wieder zurückgekommen. »Sie würde nicht immer zurückgekommen sein«, sagte mein Vater, »wenn sie in dieser Gegend nichts gebettelt bekäme. So wird sie hier verbleiben, und wenn sie alt und krank ist, müssen wir sie auch pflegen; das ist ein Kreuz, welches wir uns selbst an den Hals gebunden haben.«

Die Mutter sagte nichts zu solchen Worten, sondern gab der Mooswaberl, wenn sie kam, immer das gewohnte Almosen und heute noch etwas mehr zu Ehren des hohen Festes.

Darum also war der kleine Streit zwischen Vater und Mutter gewesen, der aber verstummte, als zwei Knechte mit dem Rauch- und Weihwassergefäß in das Haus kamen.

Nach dem Rauchen stellte der Vater ein Kerzenlicht auf den Tisch, Späne durften heute nur in der Küche gebrannt werden. Das Nachtmahl wurde schon wieder in der Stube eingenommen. Der Großknecht erzählte während desselben Weihnnachtsgeschichten.

Nach dem Abendmahle sang die Mutter ein Hirtenlied. So wonnevoll ich sonst diesen Liedern lauschte, aber heute dachte ich nur immer an den Kirchgang und wollte durchaus schon das Sonntagskleidchen anziehen. Man sagte, es sei noch später Zeit dazu, aber endlich gab die Ahne meinem Drängen doch nach und zog mich an. Der Stallknecht kleidete sich sehr sorgsam in seinen Festtagsstaat, weil er nach dem Mitternachtsgottesdienst nicht nach Hause gehen, sondern im Dorfe den Morgen abwarten wollte. Gegen neun Uhr waren auch die anderen Knechte und Mägde bereit und zündeten am Kerzenlicht eine Spanlunte an. Ich hielt mich an den Großknecht, und meine Eltern und meine Großmutter, welche daheim blieben, um das Haus zu hüten, besprengten mich mit Weihwasser und sagten, daß ich nicht fallen und nicht erfrieren möge.

Dann gingen wir.

Es war sehr finster, und die Lunte, welche der Stallknecht vorantrug, warf ihr rotes Licht in einer großen Scheibe auf den Schnee und auf den Zaun und auf die Sträucher und Bäume, an denen wir vorüberkamen. Mir kam dieses rote Leuchten, das zudem noch durch die großen Schatten unserer Körper unterbrochen war, grauenhaft vor, und ich hielt mich sehr ängstlich an den Großknecht, so daß dieser einmal sagte: »Aber hörst, meine Joppe mußt du mir lassen, was tät' ich dann, wenn du mir sie abrissest?«

Der Pfad war eine Zeitlang sehr schmal, so daß wir hintereinander gehen mußten, wobei ich nur froh war, daß ich nicht der Letzte war, denn ich bildete mir ein, daß dieser unbekannten Gefahren ausgesetzt sein müsse.

Eine schneidende Luft ging, und die glimmenden Splitter der Lunte flogen weithin, und selbst als sie auf die harte Schneekruste niederfielen, glimmten sie noch eine Weile fort.

Wir waren bisher über Blößen und durch Gesträuche und Wälder abwärts gegangen; jetzt kamen wir zu einem Bache, den ich sehr gut kannte, er floß durch die Wiese, auf welcher wir im Sommer das Heu machten. Im Sommer rauschte dieser Bach schön, aber heute hörte man nichts, weil er überfroren war. Auch an einer Mühle kamen wir vorüber, an welcher ich heftig erschrak, weil einige Funken auf das Dach flogen; aber auf dem Dache lag Schnee, und die Funken erloschen. Endlich verließen wir den Bach, und der Weg führte aufwärts durch den Wald, in welchem der Schnee seicht lag, aber auch keine feste Kruste hatte.

Dann kamen wir zu einer breiten Straße, wo wir nebeneinander gehen konnten und wo wir dann und wann ein Schlittengeschelle hörten. Dem Stallknecht war die Lunte bereits bis zu der Hand herabgebrannt, und er zündete eine neue an, die er vorrätig hatte. Auf der Straße sah man jetzt auch andere Lichter, große rote Fakkeln, die heranloderten, als schwämmen sie allein in der schwarzen Luft, und hinter denen nach und nach ein Gesicht und mehrere Gesichter auftauchten, von Kirchengehern, die sich nun auch zu uns gesellten. Und wir sahen Lichter von anderen Bergen und Höhen, die noch so weit entfernt waren, daß wir nicht erkennen konnten, ob sie standen oder sich bewegten.

So gingen wir weiter. Der Schnee knirschte unter unseren Füßen, und wo ihn der Wind weggetragen hatte, da war der schwarze nackte Boden so hart, daß unsere Schuhe an ihm klangen. Die Leute sprachen und lachten viel, aber mir war, als sei das in der heiligen Christnacht nicht recht; ich dachte nur immer schon an die Kirche und wie das doch sein werde, wenn mitten in der Nacht Musik und ein Hochamt ist.

Als wir eine lange Weile auf der Straße fortgegangen und an einzelnen Bäumen und an Häusern vorüber und dann wieder über Felder und durch Wald gekommen waren, hörte ich auf den Baumwipfeln plötzlich ein Klingen. Als ich horchen wollte, hörte ich es nicht, bald aber wieder und deutlicher als das erstemal. Es war der Ton des kleinen Glöckleins vom Turme der Kirche. Die Lichter, die wir auf den Bergen und im Tale sahen, wurden immer häufiger, und alle schwammen der Kirche zu. Auch die ruhigen Sterne der Laternen schwebten heran, und auf der Straße wurde es immer lebhafter. Das kleine Glöcklein wurde durch ein größeres abgelöst, und das läutete so lange, bis wir fast nahe der Kirche kamen. – Also war es doch wahr, wie die Ahne gesagt hatte: Um Mitternacht fangen die Glocken zu läuten an und läuten so lange, bis aus fernen Tälern der letzte Bewohner der Hütten zur Kirche kommt. Die Kirche steht auf einem mit Birken und Schwarztannen bewachsenen Berglein, und um sie liegt der kleine Friedhof, welcher mit einer niederen Mauer umgeben ist. Die wenigen Häuser stehen im Tale.

Als die Leute an die Kirche gekommen waren, steckten sie ihre Lunten umgekehrt in den Schnee, daß sie erloschen, nur eine wurde zwischen zwei Steine der Friedhofmauer geklemmt und brennen gelassen.

Jetzt klang auf dem Turme in langsamem, gleichmäßigem Wiegen schon die große Glocke. Aus den schmalen, hohen Kirchenfenstern fiel heller Schein. Ich wollte in die Kirche, aber der Großknecht sagte, es habe noch Zeit, und er blieb stehen und sprach und lachte mit anderen Burschen und stopfte sich eine Pfeife an. Endlich klangen alle Glocken zusammen, in der Kirche begann die Orgel zu tönen, und nun gingen wir hinein.

Das sah ganz anders aus als an den Sonntagen. Die Lichter, die auf dem Altare brannten, waren hellweiße, funkelnde Sterne, und der vergoldete Tabernakel strahlte herrlich zurück. Die Lampe des Ewigen Lichtes war rot. Der obere Raum der Kirche war so dunkel, daß man die schönen Verzierungen des Schiffes kaum sehen konnte. Die dunkeln Gestalten der Menschen saßen in den Stühlen oder standen neben denselben; die Weiber waren sehr in Tücher eingeschlagen und husteten. Viele hatten Kerzen vor sich brennen und sangen aus ihren Büchern mit, als auf dem Chore das Tedeum ertönte. Der Großknecht führte mich durch die zwei Reihen der Stühle gegen einen Nebenaltar, wo schon mehrere Leute standen. Dort hob er mich auf einen Schemel zu einem Glaskasten empor, der, von drei Kerzen beleuchtet, zwischen zwei aufgesteckten Tannenwipfeln stand und den ich früher, wenn ich mit den Eltern in die Kirche kam, nie gesehen hatte. Als mich der Großknecht auf den Schemel gehoben hatte, sagte er mir leise ins Ohr: »So, jetzt kannst das Krippel anschauen.« Dann ließ er mich stehen, und ich schaute durch das Glas. Da kam ein Weiblein zu mir und sagte leise: »Kind, wenn du das anschauen willst, so muß dir's auch jemand auslegen.« Und sie erklärte mir die Dinge, die im Kasten waren.

Außer der Mutter Maria, die über den Kopf ein blaues Tuch geschlagen hatte, das bis zu den Füßen hinabhing, waren alle Gestalten so gekleidet wie ältere Bauern. Der heilige Josef selbst trug grüne Strümpfe und eine lederne Kniehose. Und in der Krippe lag das nackte Kindlein.

Als das Tedeum zu Ende war, kam der Großknecht wieder, hob mich von dem Schemel, und wir setzten uns in einen Stuhl. Dann ging der Kirchenmann herum und zündete alle Kerzen an, die in der Kirche waren, und jeder Mensch, auch der Großknecht, zog nun ein Kerzlein aus dem Sack und zündete es an und klebte es vor sich auf die Bank. Jetzt war es so hell in der Kirche, daß man auch die Verzierungen an der Decke schön sehen konnte.

Auf dem Chore stimmte man Geigen und Trompeten und Pauken, und als an der Sakristeitür das Glöcklein klang und der Pfarrer in strahlendem Meßkleide, begleitet von Ministranten und rotbemäntelten Windlichtträgern, über den purpurnen Fußteppich zum Altare ging, da rauschte die Orgel in ihrem ganzen Vollklang, da wirbelten die Pauken und schmetterten die Trompeten.

Weihrauch stieg auf und hüllte den ganzen lichtstrahlenden Hochaltar in einen Schleier. – So begann das Hochamt, und so strahlte und tönte und klang es um Mitternacht. Beim Offertorium waren alle Instrumente still, nur zwei helle Stimmen sangen ein liebliches Hirtenlied, und während des Benediktus jodelten eine Klarinette und zwei Flügelhörner langsam und leise den Wiegengesang. Während des letzten Evangeliums hörte man auf dem Chore den Kuckuck und die Nachtigall, wie mitten im sonnigen Frühling.

Tief nahm ich sie auf in meine Seele, die wunderbare Heiligkeit der Christnacht, aber ich jauchzte nicht vor Entzücken, ich blieb ernst und ruhig und fühlte die Weihe. Und während die Musik tönte, dachte ich an Vater und Mutter und Großmutter daheim. Die knien jetzt um den Tisch bei dem einzigen Kerzenlichtlein und beten, oder sie schlafen, und es ist finster in der Stube, und nur die Uhr geht, und es liegt tiefe Ruhe über den waldigen Bergen, und Christnacht ist ausgebreitet über die ganze Welt.

Als das Amt seinem Ende nahte, erloschen nach und

nach die Kerzlein in den Stühlen, und der Kirchenmann ging wieder herum und dämpfte mit seinem langgestielten Blechkäppchen an den Wänden und Bildern und Altären, und es duftete das Wachs der ausgelöschten Lichter. Die am Hochaltare brannten noch, als auf dem Chore der letzte freudenreiche Festmarsch erscholl und sich die Leute aus der Kirche drängten.

Als wir in das Freie kamen, war es trotz des dichten Nebels, der sich von den Bergen niedergesenkt hatte, nicht mehr ganz so finster wie vor Mitternacht. Es mußte der Mond aufgegangen sein; man zündete keine Fackeln mehr an. Es schlug ein Uhr, aber der Schulmeister läutete schon die Avemariaglocke zum Christmorgen. Ich warf noch einen Blick auf die Kirchenfenster; aller Festglanz war erloschen, ich sah nur mehr den matten Schimmer des Ewigen Lichtes.

Als ich mich dann wieder an den Rock des Großknechtes halten wollte, war dieser nicht mehr da, einige fremde Leute waren um mich, die miteinander sprachen und sich sofort auf den Heimweg machten. Mein Begleiter mußte schon voraus sein; ich eilte ihm nach, lief schnell an mehreren Leuten vorüber, auf daß ich ihn bald einhole. Ich lief, so sehr es meine kleinen Füße konnten, ich kam durch den finsteren Wald, und ich kam über Felder, über welche scharfer Wind blies, so daß ich, so warm mir sonst war, von Nase und Ohren fast nichts mehr wahrnahm. Die Leute, die früher noch auf der Straße gegangen waren, verloren sich nach und nach, und ich war allein, und den Großknecht hatte ich noch immer nicht erreicht. Ich dachte, daß er auch hinter mir sein könne, und beschloß, geradewegs nach Hause zu eilen. Auf der Straße lagen hier und da schwarze Punkte, Kohlen der Spanfackeln, welche die Leute auf dem Kirchwege abgeschüttelt. Die Gesträuche und Bäumchen, die neben dem

Wege standen und unheimlich aus dem Nebel emportauchten, beschloß ich gar nicht anzusehen, aber ich sah sie doch an, wendete meine Augen nach allen Seiten, ob nicht irgendwo ein Gespenst auf mich zukomme.

Nun war ich zum Pfad gekommen, der mich von der Straße abwärts durch den Wald und in das jenseitige Tal führen sollte. Ich bog ab und eilte unter den langästigen Bäumen dahin. Die Wipfel rauschten, und dann und wann fiel ein Schneeklumpen neben mir nieder. Stellenweise war es auch so finster, daß ich kaum die Stämme sah, wenn ich nicht an dieselben stieß, und daß ich den Pfad verlor. Letzteres war mir ziemlich gleichgültig, denn der Schnee war sehr seicht, auch war anfangs der Boden hübsch glatt, aber allmählich begann er steil und steiler zu werden, und unter dem Schnee war viel Gestrüppe und hohes Heidekraut. Die Baumstämme standen nicht mehr so regelmäßig, sondern zerstreut, manche schief hängend, manche mit aufgerissenen Wurzeln an anderen lehnend, manche mit wild und wirr aufragenden Ästen auf dem Boden liegend. Das hatte ich nicht gesehen, als wir aufwärts gingen. Ich konnte oft kaum weiter, ich mußte mich durch das Gesträuche und Geäste durchwinden. Oft brach der Schnee ein, die Besen des Heidekrautes reichten mir bis zur Brust heran. Ich sah ein, daß der rechte Weg verloren war, aber wär' ich nur erst im Tale und bei dem Bache, dann ginge ich diesen entlang aufwärts, und da müßte ich endlich doch zur Mühle und zu unserer Wiese kommen.

Schneeschollen fielen mir in das Rocksäcklein. Schnee legte sich an die Höschen und Strümpfe, und das Wasser rann mir in die Schuhe hinab. Zuerst war ich durch das Klettern über das Gefälle und das Winden durch das Gesträuche müde geworden, aber nun war auch die Müdigkeit verschwunden, ich achtete nicht den Schnee, und ich achtete nicht das Gesträuche, das mir oft rauh über das Gesicht fuhr, sondern ich eilte weiter. Fiel ich zu Boden, so raffte ich mich schnell auf. Auch alle Gespensterfurcht war weg: Ich dachte an nichts als an das Tal und an unser Haus. Ich wußte nicht, wie lange ich mich so durch die Wildnis fortwand, aber ich fühlte mich flink, die Angst trieb mich vorwärts.

Plötzlich stand ich vor einem Abgrund. In dem Abgrund lag grauer Nebel, aus welchem einzelne Baumwipfel emportauchten. Um mich hatte sich der Wald gelichtet, über mir war es heiter, und am Himmel stand der Halbmond. Mir gegenüber und weiter im Hintergrunde waren fremde, kegelförmige Berge.

Unten in der Tiefe mußte das Tal mit der Mühle sein; mir war, als hörte ich das Tosen des Baches, aber das war das Windrauschen in den jenseitigen Wäldern. Ich ging nach rechts und links und suchte einen Fußsteig, der mich abwärts führe, und ich fand eine Stelle, an welcher ich mich über Gerölle, das vom Schnee befreit dalag, und durch Wacholdergesträuche hinablassen zu können vermeinte. Das gelang mir auch eine Strecke, doch noch zu rechter Zeit hielt ich mich an eine Wurzel, fast wäre ich über eine senkrechte Wand gestürzt. Nun konnte ich nicht mehr vorwärts. Ich ließ mich aus Mattigkeit zu Boden. In der Tiefe lag der Nebel mit den schwarzen Baumwipfeln. Außer dem Rauschen des Windes in den Wäldern hörte ich nichts. Ich wußte nicht, wo ich war. – Wenn jetzt ein Reh käme, ich würde es fragen nach dem Weg, in der Christnacht reden ja Tiere menschliche Sprache!

Ich erhob mich, um wieder aufwärts zu klettern; ich machte das Gerölle locker und kam nicht vorwärts. Mich schmerzten Hände und Füße. Nun stand ich still und rief, so laut ich konnte, nach dem Großknecht.

Meine Stimme fiel von den Wäldern und Wänden langgezogen und undeutlich zurück.

Dann hörte ich wieder nichts als das Rauschen.

Der Frost schnitt mir in die Glieder.

Nochmals rief ich mit aller Macht den Namen des Großknechtes. Nichts als der langgezogene Widerhall. Nun überkam mich eine große Angst. Ich rief schnell hintereinander meine Eltern, meine Ahne, alle Knechte und Mägde unseres Hauses. Dann begann ich kläglich zu weinen.

Mein Körper warf einen langen Schatten schräg abwärts über das Gestein. Ich ging an der Wand hin und her, ich betete zum heiligen Christkind, daß es mich erlöse.

Der Mond stand hoch am dunklen Himmel.

Endlich konnte ich nicht mehr weinen und beten, auch mich kaum mehr bewegen, ich kauerte an einem Stein und dachte: Nun will ich schlafen, das ist alles nur ein Traum, und wenn ich erwache, bin ich daheim oder im Himmel.

Da hörte ich ein Knistern über mir im Wacholdergesträuche, und bald darauf fühlte ich, wie mich etwas berührte und emporhob. Ich wollte schreien, aber ich konnte nicht, die Stimme war wie eingefroren. Aus Angst hielt ich die Augen fest geschlossen. Auch Hände und Füße waren mir wie gelähmt, ich konnte sie nicht bewegen. Mir kam vor, als ob sich das ganze Gebirge mit mir wiegte. –

Als ich zu mir kam und erwachte, war noch Nacht, aber ich hockte an der Tür meines Vaterhauses, und der Kettenhund bellte heftig. Eine Gestalt hatte mich auf den festgefrorenen Schnee gleiten lassen, pochte dann mit dem Ellbogen gewaltig an die Tür und eilte davon. Ich hatte diese Gestalt erkannt – es war die Mooswaberl gewesen. Die Tür ging auf, und die Ahne stürzte mit den Worten auf mich zu: »Jesus Christus, da ist er ja!«

Sie trug mich in die warme Stube, aber von dieser schnell wieder zurück in das Vorhaus; dort setzte sie mich auf einen Trog, eilte dann hinaus vor die Tür und machte durchdringliche Pfiffe.

Sie war ganz allein zu Hause. Als der Großknecht von der Kirche zurückgekommen war und mich daheim nicht gefunden hatte, und als auch die anderen Leute kamen und ich bei keinem war, gingen sie alle hinab in den Wald und in das Tal und jenseits hinauf zur Straße und nach allen Richtungen. Selbst die Mutter war mitgegangen und hatte überall, wo sie ging und stand, meinen Namen gerufen.

Nachdem die Ahne glaubte, daß es mir nicht mehr schädlich sein konnte, trug sie mich wieder in die warme Stube, und als sie mir die Schuhe und Strümpfe auszog, waren diese ganz zusammen – und fest an den Fuß gefroren. Hierauf eilte sie nochmals in das Freie und machte wieder ein paar Pfiffe und brachte dann in einem Kübel Schnee herein und stellte mich mit bloßen Füßen in diesen Schnee. Als ich in dem Schnee stand, war in den Zehen ein so heftiger Schmerz, daß ich stöhnte, aber die Ahne sagte: »Das ist schon gut, wenn du Schmerz hast, dann sind die Füße nicht erfroren.«

Bald darauf strahlte die Morgenröte durch das Fenster, und nun kamen nach und nach die Leute nach Hause, zuletzt aber der Vater und zuallerletzt, als schon die rote Sonnenscheibe über der Wechselalpe aufging und als die Ahne unzähligemal gepfiffen hatte, kam die Mutter. Sie ging an mein Bettlein, in welches ich gebracht worden war und an welchem der Vater saß. Sie war ganz heiser.

Sie sagte, daß ich nun schlafen sollte, und verdeckte

das Fenster mit einem Tuche, auf daß mir die Sonne nicht in das Gesicht scheine. Aber der Vater meinte, ich solle noch nicht schlafen, er wolle wissen, wie ich mich von dem Knechte entfernt, ohne daß er es merkte, und wo ich herumgelaufen sei. Ich erzählte, wie ich den Pfad verloren hatte, wie ich in die Wildnis kam, und als ich von dem Monde und von den schwarzen Wäldern und von dem Windrauschen und von dem Felsenabgrund erzählte, da sagte der Vater halblaut zu meiner Mutter: »Weib, sagen wir Gott Lob und Dank, daß er da ist, er ist auf der Trollwand gewesen!«

Nach diesen Worten gab mir die Mutter einen Kuß auf die Wange, wie sie nur selten tat, und dann hielt sie ihre Schürze vor das Gesicht und ging davon.

»Ja, du Donnersbub, und wie bist denn heimkommen?« fragte mich der Vater. Darauf meine Antwort, daß ich das nicht wisse, daß ich nach langem Schlafen und Wiegen auf einmal vor der Haustüre gewesen und daß die Mooswaberl neben mir gestanden sei. Der Vater fragte mich noch einmal über diesen Umstand, ich antwortete dasselbe. Nun sagte der Vater, daß er in die Kirche zum Hochgottesdienst gehe, weil heute der Christtag sei, und daß ich schlafen solle.

Ich mußte darauf viele Stunden geschlafen haben, denn als ich erwachte, war draußen Dämmerung, und in der Stube war es fast finster. Neben meinem Bette saß die Ahne und nickte, von der Küche herein hörte ich das Prasseln des Herdfeuers.

Später, als die Leute beim Abendmahle saßen, war auch die Mooswaberl am Tisch.

Auf dem Kirchhofe über dem Grabhügel ihres Mannes war sie während des Vormittagsgottesdienstes gekauert, da war nach dem Hochamte mein Vater zu ihr hingetreten und hatte sie mit in unser Haus genommen.

Über die nächtliche Begebenheit brachte man nicht mehr von ihr heraus, als daß sie im Walde das Christkind gesucht habe; dann ging sie einmal zu meinem Bette und sah mich an, und ich fürchtete mich vor ihren Blicken.

In dem hinteren Geschosse unseres Hauses war eine Kammer, in welcher nur altes, unbrauchbares Geräte und viel Spinnengewebe war.

Diese Kammer ließ mein Vater der Mooswaberl zur Wohnung und stellte ihr einen Ofen und ein Bett und einen Tisch hinein.

Und sie blieb bei uns. Oft strich sie noch in den Wäldern umher und brachte Moos heim, dann ging sie wieder hinaus zur Kirche und saß auf dem Grabhügel ihres Mannes, von dem sie nicht mehr fortzuziehen vermochte in ihre ferne Gegend, in der sie wohl auch einsam und heimatlos gewesen wäre, wie überall. Über ihre Verhältnisse war nichts Näheres zu erfahren, wir vermuteten, daß das Weib einst glücklich gewesen sein müsse und daß der Schmerz über den Verlust des Gatten ihr den Verstand geraubt habe. Wir gewannen sie alle lieb, weil sie ruhig und mit allem zufrieden lebte und niemandem das geringste Leid zufügte. Nur der Kettenhund wollte sie immer noch nicht sichern, der bellte und zerrte überaus heftig an der Kette, sooft sie über den Anger ging. Aber das war anders von dem Tier gemeint; als einmal die Kette riß, stürzte der Hund auf die Mooswaberl zu, sprang ihr winselnd an die Brust und leckte ihr die Wange.

Karl Heinrich Waggerl

Advent

Das ist die stillste Zeit im Jahr, wenn es Weihnacht wird – die Zeit der kindlichen Zuversicht und der gläubigen Hoffnung. Es mag ja nur eine Binsenwahrheit sein, aber es ist eine von den ganz verläßlichen Binsenweisheiten, daß hinter jeder Wolke der Trübsal doch immer ein Stern der Verheißung glänzt. Und daran trösten wir uns in diesen Wochen, wenn Nacht und Kälte unaufhaltsam zu wachsen scheinen. Wir wissen ja doch, und wissen es ganz sicher, daß die finsteren Mächte unterliegen werden, an dem Tag, mit dem die Sonne sich wendet, und in der Nacht, in der uns das Heil der Welt geboren wurde. Für die Leute in den Städten hat der Advent kein großes Geheimnis mehr, sie finden es nur unbequem und lästig, wenn die ersten Fröste kommen, wenn der Nebel in die Straßen fällt und das karge Licht des Tages noch mehr verkürzt. Aber der Mensch in den Bergen, in entlegenen Tälern und einschichtigen Höfen, der steht den gewaltigen Kräften der Natur noch unmittelbar gegenüber. Stürme toben durch die Wälder herab und ersticken ihm das Feuer auf dem Herd, er sieht die Sonne auf ihrem kurzen Weg von Berg zu Berg krank werden und hinsterben, grausam finster sind die Nächte, und der Schneedonner schreckt das Wild aus seinen Zuflüchten. Noch in meiner Kindheit gab es kein Licht in der Stube außer vom Kienspan oder einer armseligen Talgkerze. Der Wind rüttelte am Fenster und schnaufte durch die Ritzen, das hörte sich an wie der Atem eines Ungeheuers, das draußen herum ging und überall schnupperte, einmal an der Wand und dann an den Dachschindeln, und plötzlich hörte man den Brunnen nicht mehr, da trank wohl das nächtige Tier von dem Wasser. Unheimlich war das, gottlob, daß ein Licht dabei brannte, gottlob für diesen winzigen Funken Licht in der schrecklichen Finsternis!

Für mich begann damals der Advent immer mit dem Sonntag, an dem der Vater die Krippe herausräumte. Es war ja alles längst bekannt und vertraut und doch jedesmal wieder aufregend genug, der hohe Berg, mit glänzendem Flitter angeschneit, die Burg und darunter der Stall in einer Tuffsteingrotte. Darin kniete die Liebe Frau selber, ihr Gesicht war aus Wachs geformt, schön rosig blühten ihre Wangen, und die Augen waren zwei blaue Glasperlen, mit denen schaute sie verwirrt ins Leere. Auf der Strohschütte lag das nackte Himmelskind, und dahinter standen Ochs und Esel und beglotzten das Wunder. Jedes Jahr durfte ich dem Ochsen ein Büschel Heu ins Maul stecken, aber er fraß es ja nie, er schaute nur und schaute und begriff es nicht. Weil der Vater selber Zimmermann war, ließ er auch seinen Patron, den hl. Josef, nicht nur so herumstehen, er dachte sich jedesmal ein anständiges Geschäft für ihn aus und ließ ihn Holz klieben oder die Suppe kochen oder mit der Laterne die Leute hereinweisen, die von überall her gelaufen kamen und Käse mitbrachten oder Brot oder auch ein Lämmchen, das sie vor sich herschoben. Es hauste freilich ein recht ungleiches Volk in unserer Krippe, nicht nur Hirten, auch etliche Zinnsoldaten und der Fürst Bismarck und überhaupt alle Bresthaften aus der Spielzeugkiste, die sich das Jahr über ein Ausgedinge verdient hatten. Oben hinter den Zinnen der Burg durfte immer mein grüner Frosch aus Seife sitzen, ihm machte es nichts aus, ein paar Wochen lang für einen Hund zu gelten. Ganz zuletzt kam der Augenblick, auf den ich schon tagelang gelauert hatte. Der Vater klemmte plötzlich meine Schwester zwischen die Knie, und ich durfte ihr das längste Haar ausziehen, ein ganzes Buschel, versteht sich, damit man genügend zur Auswahl hatte. Denn an solch ein Haar wurde ein golden gefiederter Engel geknüpft, damit er sich unmerklich drehe und wachsam umherblicke. Das Gloria sangen wir selber, der Vater hatte uns sogar einen Vers dazu gemacht. Es klang vielleicht ein bißchen grob und einfältig in unserer breiten Mundart, aber Gott schaut seinen Kindern ja ins Herz und nicht auf das Maul, und es ist auch gar nicht so, daß er etwa nur Latein verstünde.

Immer am 21. Dezember, bedeutsamerweise am Tag des ungläubigen Thomas, mußte der Wunschbrief an das Christkind geschrieben werden, ohne Kleckse natürlich und mit keinen andern Schreibfehlern als solchen, die die Mutter selber machte, und sauber mit Farben ausgemalt. Zuoberst verzeichnete ich anstandshalber das, was ohnehin von selber eintraf, Fäustlinge, ein Hemd und Strümpfe. Darunter aber schrieb ich Jahr für Jahr mit hoffnungsloser Geduld den höchsten meiner Träume, den Anker-Steinbaukasten, ein Wunderwerk nach allem, was man davon hörte. Ich glaube heute noch, daß aus ihm sogar die Architekten zu Anfang des Jahrhunderts ihre Eingebungen holten. Aber ich selber bekam ihn nie, wahrscheinlich wegen der ungemein genauen himmlischen Buchführung, die alle meine Sünden sorgfältig verzeichnete, gestohlene Zuckerstücke und zerbrochene Fensterscheiben und ähnliche Missetaten, die sich in etlichen Wochen auffälliger Frömmigkeit vor Weihnachten auch nicht mehr abgelten ließen.

Wenn mein Wunschzettel fertig vor dem Fenster lag, mußte ich aus brüderliche Liebe auch noch den für meine Schwester schreiben. Ungemein zungenfertig plapperte sie von einer Schlafpuppe, einer Wiege, einem Kramladen, von lauter albernem Zeug. Da und dort schrieb ich ein heimliches »muß nicht sein« dazu, aber vergeblich. Am Heiligen Abend konnte sie doch eine Unmenge von Früchten ihrer Unverschämtheit unter dem Christbaum ernten. Und ich mußte mich tagelang damit plagen, einige von ihren Sachen so weit zu ruinieren, daß sie für mich noch zu brauchen waren.

Die Adventabende wären nicht denkbar gewesen ohne ein feierliches Lied, wenn es auch natürlich nicht immer so gut geraten konnte wie in jener ersten Heiligen Nacht, als die Engel das Gloria vom Himmel herunter sangen. Sogar bei uns daheim, obwohl wir keine sehr musikalische Familie waren, stellten wir uns alle vor den brennenden Kerzen auf, und dann stimmte die Mutter das Lied vom Tannenbaum an. Aber wir kamen kaum einmal über eine Strophe hinaus. Schon bei den ersten Tönen fing meine Schwester aus übergroßer Ergriffenheit zu schluchzen an. Der Vater hielt ein paar Takte länger aus, bis er merkte, daß das, was er hören ließ, gar nicht in dieses Lied paßte. Ich selber aber konnte in meinem verbohrten Grübeln, wieso denn eine Fichte ihrer grünen Blätter wegen gepriesen wurde, die zweite Stimme nicht halten. Daraufhin brachte die Mutter auch mich mit einem Kopfstück zum Schweigen und sang das Lied als Solo zu Ende, wie sie es gleich hätte tun sollen.

Heutzutage weiß man nicht mehr viel von alten Weihnachtsbräuchen, wie etwa das Anglöckeln einer war. Ich wüßte nicht zu sagen, was für ein tieferer Sinn in dieser Sitte liegen könnte, vielleicht steckt wirklich noch ein Rest von Magie aus der Heidenzeit dahinter, wie manche Gelehrte meinen. Meine Mutter jedenfalls hielt dafür, daß es ein frommer Brauch sei, und deshalb durfte auch ich mit meiner Schwester und dem Nachbarbuben auf die Reise gehen. Was dazu an Verkleidung nötig war, besorgte der Vater mit einer unerschöpflichen Phantasie. Unter seinen Händen verwandelten wir uns in seltsame Zwitterwesen, halb Engel, halb Gespenst. Aber uns machte es weiter kein Kopfzerbrechen, wen wir eigentlich darstellen sollten, die Heiligen Drei Könige oder bloß etliche von den vierzig Räubern. Das Wichtigste an der ganzen Ausrüstung war jedenfalls ein geräumiger Sack. Mit dem zogen wir abends von Tür zu Tür und sangen, was uns gerade einfiel, Heiliges und Unheiliges durcheinander. Manchmal kam gleich ein ungehobelter Hund dazwischen, der uns an die Beine fuhr, statt andächtig zuzuhören, aber gewöhnlich konnten wir mit dem Erfolg zufrieden sein, aus Gründen freilich, die ich damals nicht richtig einschätzte. Denn die Leute stürzten sofort an die Türen, wenn wir unseren Gesang anstimmten, und stopften uns eilig Kletzenbrot und Äpfel in den Sack, nur damit wir gleich wieder aufhörten und weiterzögen. Das taten wir auch bereitwillig, sobald unsere Fracht genügend angewachsen war. Ich wollte, es wäre dabei geblieben, und meine Zuhörer belohnten mich auch heute noch dafür, daß ich schweige.

Advent, sagt man, sei die stillste Zeit im Jahr. Aber in meinem Bubenalter war es keineswegs die stillste Zeit. Zu Anfang Dezember, in den unheimlichen Tagen, während Sankt Nikolaus mit dem Klaubauf unterwegs war, wurde ich in den Wald geschickt, um den Christbaum zu holen. Mit Axt und Säge zog ich aus, von der Mutter bis zum Hals in Wolle gewickelt und mit einem geweihten Pfennig versehen, damit mich ein heiliger Nothelfer finden konnte, wenn ich mich etwa verirrte. Ein Wunder von einem Baum stand mir vor Augen, mannshoch und sehr dicht beastet, denn er sollte nachher ja auch etwas tragen können. Stundenlang kroch ich im Unterholz herum, aber ein Baum im Wald sieht sich ganz anders an als einer in der Stube. Wenn ich meine Beute daheim endlich in die Waschküche schleppte, hatte sich das schlanke, pfeilgerade Stämmchen doch wieder in ein krummes und kümmerliches Gewächs verwandelt, auch der Vater betrachtete es mit Sorge. Er mußte seine ganze Zimmermannskunst aufwenden, um das Ärgste zurechtzubiegen, ehe uns die Mutter dazwischenkam.

Ach, die Mutter! In diesen Wochen lief sie mit hochroten Wangen herum, wie mit Sprengpulver geladen, und die Luft in der Küche war sozusagen geschwängert mit Ohrfeigen. Dabei roch die Mutter so unbeschreiblich gut, überhaupt ist ja der Advent die Zeit der köstlichen Gerüche. Es duftet nach Wachslichtern, nach angesengtem Reis, nach Weihrauch und Bratäpfeln. Ich sage ja nichts gegen Lavendel und Rosenwasser, aber Vanille riecht doch eigentlich viel besser oder Zimt und Mandeln.

Mich ereilten dann die qualvollen Stunden des Teigrührens. Vier Vaterunser das Fett, drei die Eier, ein ganzer Rosenkranz für Zucker und Mehl. Die Mutter hatte die Gewohnheit, alles Zeitliche in ihrer Kochkunst nach Vaterunsern zu bemessen, aber die mußten laut und sorgfältig gebetet werden, damit ich keine Gelegenheit fände, den Finger in den köstlichen Teig zu tauchen. Wenn ich nur erst den Bubenstrümpfen entwachsen wäre, schwor ich mir damals, dann wollte ich eine ganze Schüssel voll Kuchenteig aufessen, und die Köchin sollte beim geheizten Ofen stehen und mir dabei zuschauen müssen! Aber leider, das ist einer von den Knabenträumen geblieben, die sich nie erfüllt haben.

Am Abend nach dem Essen wurde der Schmuck für den Christbaum erzeugt. Auch das war ein unheilschwangeres Geschäft. Damals konnte man noch ein Buch echten Blattgoldes für ein paar Kreuzer beim Krämer kaufen. Aber nun galt es, Nüsse in Leimwasser zu tauchen und ein hauchdünnes Goldhäutchen herumzublasen. Das Schwierige bei der Sache war, daß man vorher nirgendwo Luft von sich geben durfte. Wir saßen alle in der Runde und liefen blaurot an vor Atemnot, und dann geschah es eben doch, daß plötzlich jemand niesen mußte. Im gleichen Augenblick segelte eine Wolke von glänzenden Schmetterlingen durch die Stube. Einerlei, wer den Zauber verschuldet hatte, das Kopfstück bekam jedenfalls ich, obwohl es nur bewirkte, daß sich der goldene Unsegen von neuem in die Lüfte hob. Ich wurde dann in die Schlafkammer verbannt und mußte Silberpapier um Lebkuchen wickeln – ungezählte Lebkuchen!

Es kam endlich doch der Heilige Abend, und mit ihm die letzte der Prüfungen, das Bad in der Küche. Das fing ganz harmlos an, ich saß im Zuber wie ein gebrühtes Schweinchen und plätscherte verschämt mit dem Wasser, in der Hoffnung, daß ich nun doch schon groß genug sei, um der Schande des Gewaschenwerdens zu entgehen. Aber plötzlich fiel die Mutter wieder mit der Reisbürste über mich her, es half nichts, kein Gezeter und Gespreize. Erst in der äußersten Not erbarmte sich der Vater und nahm ein bis zur Unkenntlichkeit entstelltes, ein durchscheinendes Geschöpf in seine Arme. Da war sie nun wirklich, die stillste Zeit im Jahr, wirklich Stille und Friede und köstliche Geborgenheit an seiner breiten Brust. Später, wenn die Kerzen am Baum längst erloschen waren, um die Mitternacht, durfte ich die Mutter zur Mette begleiten. Ich weiß noch gut, wie stolz ich war, als sie mich zum erstenmal nicht mehr an der Hand führte, sondern neben sich hergehen ließ als ihren Sohn und Beschützer. Auch in der Kirche kniete ich nun auf der Männerseite. Die Frauen sangen auf dem Chor, und der Pfarrer am Altar hielt eine Weile inne, um das Weihnachtslied anzuhören, diese holde Weise von der stillen Nacht, die schon so lang über Grenzen und Zeiten hinaus das Gemüt der Menschen bewegt. Heute liegt das alles weit zurück, aller Weihnachtsglanz der Kindheit. Aber die Christnacht ist immer noch voll von Geheimnissen, sie blieb die Nacht der Offenbarungen. Ich trete vor das Haus, lang vor Mitternacht, ich schaue empor, das Licht der Gestirne stürzt mir in die Augen, aber alles ist still, alles hält den Atem an und wartet auf das Wunder. Auf den Höhen sehe ich schwebende Lichter, als hätten sich Sterne vom Himmel gelöst und wanderten nun ins Tal. Das sind die Kienfackeln und die Laternen der Leute, die vom Berg herab zur Mette gehen. Im letzten Jahr, als ich selber den verschneiten Bach entlang lief, da fand ich eine erfrorene Kuckucksblume, unzählige braune Samenkörner rieselten in meine Hand. Und während ich sie weit verstreute, dachte ich so vor mich hin, wie tröstlich es doch ist, daß sich Gottvater nicht auch von den Ergebnissen unserer Wissenschaft erschrecken läßt, sondern daß er nach wie vor nur seinen Kuckucksblumensamen erzeugt.

Ich ging aber weiter, und plötzlich schlugen die Glokken an und läuteten freudevoll zusammen. Gloria! sang der Pfarrer in der Kirche mit aller Gewalt – Gloria in excelsis Deo! Und die Leute fielen ins Knie, und es waren wieder Hirten und Bauern wie damals in der gesegneten Stunde. Nun ja, Hirten, – aber wir, meine Freunde? Leben wir nicht auch in einer Weltzeit des Advent? Scheint uns nicht alles von der aufkommenden Finsternis bedroht zu werden, das karge Glück unseres Daseins? Wir warten bang auf den Engel mit der Botschaft des Friedens und überhören so leicht, daß diese Botschaft nur denen gilt, die guten Willens sind. Es ist keine Hilfe und keine Zuflucht bei der Weisheit der Weisen und bei der Macht der Mächtigen. Denn der Herr kam nicht zur Welt, damit die Menschen weiser, sondern damit sie gütiger würden. Und darum sind es allein die Kräfte des Herzens, die uns vielleicht noch werden retten können.

Peter Dörfler

Erste Heimkehr

Es hatte längst elf Uhr geschlagen, als das Zügle auf dem Schneefeld vor dem einsamen Bahnhöfchen ein wenig verschnaufte, indes die Fahrgäste ausstiegen. Ich kletterte mit einem Koffer und einem Sack aus dem Wagen und schritt unter dem sternübersäten Himmel, auf dem von Schlitten spiegelglatt geschliffenen Weg der pechschwarzen Waldhöhe zu, an die sich ein lichtloses Dörfchen anschmiegte. Ein wenig war ich trotz allem enttäuscht und ein wenig auch, trotz aller freudigen Erwartung, bange. Ich hatte meine Ankunft daheim nicht anmelden können. Denn die harten Herren des Gymnasiums ließen uns den Beginn der Ferien nicht so rechtzeitig wissen, daß eine Post das entlegene Heimatdorf noch rechtzeitig erreichen konnte. Eigentlich hätten wir erst am kommenden Tag, dem Heiligen Abend, unseren kurzen Urlaub antreten sollen. Ich war nun gleichwohl in die Nacht hineingereist, es zog mich mit Urgewalt heimwärts. Heimlich hatte ich gehofft, daß auf gut Glück der Vater auf die Bahn käme oder daß zufällig jemand aus dem Heimatdorf aussteigen und mich durch den Wald begleiten könne. Aber nun ging nicht ein Mensch auch nur bis nach Diessen mit mir. Ich war schwer bepackt, und auf einmal kam mir vor, alles Liebliche und Vertraute schlafe, und alles Feindselige sei wach. Die Sterne blinzelten wie verweinte und entzündete Augen von einem ungnädigen Himmel herab. Es war nicht eben kuhranzennacht (wie man bei uns zu sagen pflegte), aber da oben auf der Höhe der Wald, den ich durchwandern mußte, lugte wie ein Wall aus gefrorener Finsternis auf mich herab. Aber als ich durch die Häuserreihen von Diessen stapfte, vergaß ich die Last aus Furcht vor den Hunden, die mich alsbald zu umkläffen begannen und, kaum daß sie meine Zaghaftigkeit merkten, frech wurden und sogar nach meinen Beinen mit gebleckten Zähnen losfuhren. Lange schaute ich mich vergeblich nach Hilfe vor den Kötern um, die sich offenbar an dem nächtlichen Wanderer dafür rächen wollten, daß man sie in die Hundekälte hinausgesperrt hatte. Endlich rückte der Nachtwächter an und barg das Studentlein im Lichtkreis seiner Laterne. Aber er wurde mir zum Versucher. »Büble, wenn d' willst, weck' ich beim Schloßwirt – um ein Stempele (grobfüßiges Glas) Schnaps . . . bleib über Nacht! Ich tät meinem Feind nicht raten durch den Wald. Es könnt' allerlei passieren, es sind jetzt die bösen Nächt!« mahnte er mich. Aber ich hatte ein Heimweh in mir, das stärker war als alle Furcht. Ich machte mich von dem Brummenden los und griff tapfer das Sträßchen an, das sich gegen Ende des Dorfes steil in die Höhe hob. Ich schnaubte und schwitzte wie die Rosse eines Lastwagens. Die Bergstraße heizte mir mitten in der Nacht besser ein als ein guter Kachelofen. Rechts oben reckte das wuchtige Schloß, das denen von der Leyen gehörte, seine runden Ecktürme aus kahlen Eschen. Aber all seine Fenster glotzten dunkel. Niemand wohnte in dem halbverfallenen Gebäude als Fledermäuse und Dohlen und ein uraltes Weiblein mit einer Geiß. Ich hatte mich oft in den öden Räumen herumgetrieben und sogar bei Tage ihre Schauer verspürt. Aber jetzt stand ich vor der finsteren

Wand des Waldes, durch den nur ein schmales Fußweglein führte. Die jungen Fichten umwölbten den Pfad so, daß er zur Sommerzeit ein wunderbarer Schattenweg wurde, aber jetzt schien ihn ein wahrhaftiges Tor von Nacht und Finsternis zu verriegeln. Ich setzte meine Bürde nochmals nieder und verschüttelte die schmerzenden Arme. Ich schaute zweifelvoll zurück ins milchig nebelnde Tal, aber nein – umkehren, unten im Wirtshaus anklopfen – nein! Ich hätte mich geschämt. Ein Kinderreim ging durch meinen Kopf: »Macht auf das Tor, macht auf das Tor, es kommt ein goldner Wagen!« Von meinem Husten war eine Elster oder ein Häher aufgeschreckt. Der Vogel krächzte boshaft, schimpfend, weckte andere, die ihm mit Schimpfen recht gaben. Aber ich packte meine Habseligkeiten und stieß das Tor der Finsternis auf, es führte wieder zu Nacht und Finsternis. Vorsichtig ertastete ich den Weg, der ganz mit Wurzeln überflochten war. Ich streifte an borstige Fichtenzweige, die den Schnee über mich schüttelten. Aber allmählich merkte ich, daß die Richtung des gewundenen Wegleins nicht unten, sondern oben zwischen den Ästen zu suchen sei, wo hie und da ein bißchen Himmel blinkte. So drängte ich voran, alle Kraft zusammensuchend, schweißgebadet, voll stiller Furcht. Denn aus dem Walde kamen Stimmen wie von verwunschenen, umgehenden Geistern. Käuzchen und Uhus waren wach, rauschten im Geäst oder tauchten wie lautlos schwebende Schatten aus der Finsternis in die Finsternis. Ich schritt mitten in der Ewigkeit und konnte mir gar nicht mehr vorstellen, daß dies alles ein Ende nehme. Meine große Sehnsucht nach der Heimat war in mir nur noch wie das Leben in der winterlichen Wurzel, es zog sich in die Tiefe zurück, aber wartete da in aller Zähigkeit darauf, die Blume der Freude doch noch in die Winternacht treiben zu können.

Und jetzt ging es wieder sacht abwärts. Der Wald verzettelte sich in Gebüsch und Gestäude. Aber hier gab es tiefe Rinnsale mit ganz knappen, von Glatteis überzogenen Bretterstegen. Ich mußte sogar auf Händen und Knien hinüberrutschen.

Doch schon winkte auf der Höhe zur Linken der massige Turm unseres Friedhofs aus den Tannen, und dann lag die Schneedecke der Wiesen blank vor mir. Ich konnte schon den Giebel unseres Hofes erkennen, gerade dort, wo oben ein großer Stern blinkte, ein lichter Finger, der mir mit neckischer Anmut mein Ziel wies. Ich freute mich wie einer der Könige aus dem Morgenlande. Auf schmal ausgetretenem Steig kam ich an die Pfarrhecke, kam an den Zaun unseres Gartens. Ich hatte ein Gefühl, als liege die Unterwelt hinter mir und als sähe ich zum erstenmal die weite Himmelskuppe über mir. Warum merkt mich unser Zamper nicht? Ah, die Mutter hat ihn vor der Kälte in der Stube geborgen! Ich rief zur Schlafkammer hinauf, warf einen mühsam gedrehten Schneeball meinen Rufen nach. Der Hund bellte erst wütend, erkannte mich aber und heulte und raste vor Freude.

Dann öffnete mir der Vater; ich hörte die Mutter staunen und klagen, und all die Geschwister standen auf und rumpelten die Stiege herab: der Gottlieb, die Sefa, der Kasimir, die Anna und die Kätter. Und sie wunderten und freuten sich um die Wette.

Ich war der Held! Ei, um die Mitternacht und so aufgepackt mutterseelenallein sich durch den Wald, durch die Kälte wagen! Was hätte geschehen können! Meine Hände zitterten. Es war mir ein wenig schwach vor Müdigkeit und Hunger; aber alles vergoldete die Freude – nein, die große Freude kam noch nicht, ich war zu schwach und aß wie betäubt die rasch gekochte Milchsuppe. Die große Freude kam am Morgen, als ich aufwachte und nach einer Weile der Besinnung erkannte: daheim! Als ich merkte, daß ich durch das Klirren der Fensterscheiben erwacht war, vom rüstigen Schritt und von dem Hüsteln meiner Mutter – lauter Sphärenklänge für mich. Ach, dieses Klirren, dieser Schritt, dieses liebe Hüsteln, diese holdesten Morgenglocken all meiner Kindheitstage! Wie wonnig drang es mir ins Herz! Es warf mich förmlich in die Höhe. Wie ein Krampf durchzuckte mich das Entzücken. Von neuem faßte mich das Heimweh, und die Mutter war doch nur durch eine einzige Türe getrennt. Ich sprang auf und im Hemd zu ihr hinaus.

Und dann – ja, dann hub die große Christbescherung an. Wir bekamen damals noch keine Geschenke, sogar das bescheidene Bäumchen mit vergoldeten Nüssen bedeutete eine Neuerung.

Aber war nicht das ganze Haus eine einzige strahlende Christbescherung, der behagliche Kachelofen, an dem Zamper und die alte Katze sich in friedsamer Wohligkeit nebeneinander reckten, während hinter der schön verzierten, gußeisernen Platte die Stockwurzeln krachten! Die Pfeife meines Vaters, die bläuliche, mir wonnesam duftende Wölkchen in den Himmel dieser Stube schweben ließ, in deren Tischwinkel bereits die Krippe aufgerichtet war! Freilich, an diesem Spielwerk fand ich noch keinen Geschmack, auf mich warteten ganz andere Krippenherrlichkeiten. Mit einem Gefühl, als sei ich einer der Hirten, die nach Bethlehem berufen wurden, stieß ich die Türe zum Roßstall auf. Da standen die braunen Pferde und malmten Gsott (Häcksel) und Hafer, und hinter einem Bretterverschlag tummelte sich mein Liebling herum, das rote Fohlen mit dem weißen Bleß (Stirnfleck). Wie war es gewachsen, wie stark und wild war es geworden! Ich streichelte die warmen, seidigen Nüstern. Es schnappte übermütig nach mir, warf den Kopf, stieg, schlug aus und zeigte die ganze Pracht und Geschmeidigkeit seiner jungen Glieder. Nachdem ich dieses Wiedersehen ausgekostet hatte, lief ich in den anderen Stall, wo in zwei Reihen die Jungrinder und Kühe standen. Oh, ich hatte diese Tiere nicht weniger vermißt als die Menschen und genoß nun mit Urbehagen die lebendige Dämmerung des Stalles, ja, sogar die behagliche Gleichgültigkeit, mit der die Kühe meinen Besuch aufnahmen und sich das Streicheln meiner Hand gefallen ließen. Nach vielem Hin und Her, Fragen und Erzählen schmiegte ich mich in das goldene Stroh und lauschte wie ehedem auf das Geklingel der aus vollen Eutern unter den melkenden Händen der Schwestern strömenden Milch. In der Molligkeit dieses Nestes merkte ich wieder, daß ich noch unausgeschlafen und müde sei. Ich nickte ein wenig. Wie von weiter Ferne hörte ich den Gesang der Schwestern. »Es kam die gnadenvolle Nacht«; dann war es mir, als stapfte ich aufs neue als ein Heim- und Herbergsucher durch die Nacht. Aber schon erwachte ich, sah mich wieder daheim, und als läge das göttliche Kind neben mir auf dem Stroh, sang ich das Ende des Liedes wonnesam mit: »Und Friede, Freude, Seligkeit herrscht auf der Erde weit und breit.«

Lee Kingman

Die Zaubertanne

Weit draußen auf dem Lande standen zwei Häuser. Die beiden Häuser waren durch einen großen Wald voneinander getrennt. Tief im geheimnisvollen Dunkel des Waldes bildeten stattliche Tannen einen Kreis, und mitten in dem Kreis wuchs eine kleine Tanne, nicht viel größer als ein Kind.

Eines Tages ging die kleine Hanna allein durch den Wald.

Sie wohnte in einem der beiden Häuser weit draußen auf dem Lande. Ihr Haus war eigentlich eine Hütte, die am Rande des Waldes auf einer Lichtung stand. Es gab nicht viel Platz in der Hütte, denn Hanna hatte zehn ältere Geschwister, die immer zu ihr sagten, sie hätten keine Zeit für ihre kindlichen Spiele. Ihre Brüder gingen gern auf Jagd und Fischfang, und wenn sie zu Hause waren, beanspruchten sie allen Platz in der Stube, weil sie ihre Jagd- und Fanggeräte reinigten und in Ordnung brachten. Hannas Schwestern waren fortwährend damit beschäftigt sauberzumachen, zu kochen und zu flicken, wenn sie nicht gerade strickten oder nähten. Hanna wollte oft bei der Hausarbeit helfen oder für ihre Puppe etwas nähen; aber dabei stellte sie sich noch so ungeschickt an, daß ihr meistens befohlen wurde, aus dem Wege zu gehen. Deshalb ging sie, wenn sie sich ausgeschlossen und einsam fühlte, im Walde spazieren.

Anfangs hatte sie manchmal Angst, denn sie war erst sieben Jahre alt. Ringsum raschelte es. Bald aber sprach sie mit den Hasen und Eichhörnchen, und sie versuchte auch die flinken Vögel anzureden, bevor sie erschrocken aufflogen. Mit der Zeit fühlte sie sich im Walde tapfer und glücklich; denn die Bäume schienen sie schützend willkommen zu heißen, und die Tiere hatten nichts dagegen, ihre Spielplätze mit dem kleinen Mädchen zu teilen.

Eines Tages nun kam Hanna schließlich zu dem Tännchen, das im Kreis der großen Tannen stand, und sie blickte sich erfreut um.

»Was für ein schöner Platz!« rief sie. »Oh, da ist ja ein Bäumchen, das in der Größe genau zu mir paßt!«

Sie fragte die kleine Tanne: »Ist es dir recht, wenn ich dies *meinen* Platz im Walde nenne, weil ich zu Hause allen nur im Wege bin?«

Die kleine Tanne konnte weder ja noch nein sagen, doch sie sah einladend aus.

Von diesem Tage an ging Hanna oft zu ihrem eigenen Platz bei der kleinen Tanne mitten im Walde weit draußen auf dem Lande.

Auf der anderen Seite des Waldes stand das zweite Haus, eine prächtige Villa, umgeben von einem Garten mit smaragdgrünem Rasen und wunderhübschen Blumen. Dieses Haus war so groß, daß sich die kleine Julie, die hier wohnte, oft ganz verloren fühlte.

Als sie sieben Jahre alt wurde, entdeckte sie, daß die vielen Gänge und Treppen nicht nur zu elegant ausgestatteten Zimmern führten, sondern auch zu staubigen Truhen auf dem Dachboden und zu riesigen Gestellen in den Kellerräumen. Wenn sie Schachteln voller alter Bilder, Spitzen und Knöpfe, Truhen voller Samt, Seide und Federn anschauen, ihr geliebtes altes Schaukelpferd trösten oder der uralten Schneiderpuppe ein Samtkleid anpassen wollte, dann spielte sie in den Mansarden auf dem Dachboden. Wenn ihr abenteuerlustig zumute war, zog sie sich die großen Gummistiefel an, die am Fuß der Steintreppe aufbewahrt wurden, und spielte im Keller Forschungsreisende. Für sie war es dann eine Höhle; die Weinfässer wurden zu Felsen, um die man herumspähte, und die Einmachgläser auf den Gestellen waren glitzernde Edelsteine, die auf Entdeckung warteten.

Da Julie keine Geschwister zum Spielen hatte, träumte sie gern oben auf dem Dachboden und unten im Keller. Ihre Eltern aber erklärten, sie müsse an die frische Luft, und so wurde sie hinausgeschickt. Sie durfte keine Blumen pflücken, weil der Gärtner es nicht erlaubte; aber da sie allein war, konnte sie auch nicht Tennis oder Boccia spielen. Sie durfte nicht auf die ordentlich beschnittenen Bäume klettern, durfte nicht auf dem sauber gemähten Rasen tollen, durfte auf den blitzblanken Fliesen der Terrasse kein lustiges Hüpfspiel veranstalten. Deshalb begann sie den Wald zu erforschen, der vom Garten durch eine hohe Steinmauer mit grüner Holztür streng abgegrenzt war.

Wenn es Julie gelang, ungesehen durch die grüne Holztür zu entschlüpfen, konnte sie nach Herzenslust wilde Blumen pflücken, im Laub herumspringen und über die gewundenen Wege laufen, ohne daß es ihr verwehrt wurde. Da sie es gewöhnt war, allein zu spielen, fühlte sie sich im Walde gar nicht einsam.

Als Julie eines Tages die kleine Tanne im Kreise der hohen Bäume entdeckte, freute sie sich sehr. »Wie hübsch dieser Platz ist«, murmelte sie. »Dazu ein Bäumchen, das genauso groß ist wie ich. Darf ich diesen Platz mit dir teilen?« fragte sie den kleinen Baum.

Nun war die kleine Tanne von beiden Mädchen gefragt worden, und sie erbebte vor Freude, von zwei Seiten beansprucht zu werden.

Doch da Julie zu ihrem geliebten Platz im Walde vormittags ging, wenn ihre Eltern sie an die frische Luft schickten, und da Hanna nachmittags hinging, wenn ihr die älteren Schwestern keinen Unterricht gaben, trafen sich die beiden kleinen Mädchen nie.

Vier Tage vor Weihnachten lief Hanna am Nachmittag mit einer Holzpuppe in den Wald. Einer ihrer Brüder, der an der Reihe gewesen war, das Feuer in der Hütte zu besorgen, hatte gedroht, die Puppe als Feuerholz zu benutzen, weil er das bequemer fand.

»Nicht meine Lieblingspuppe!« rief Hanna, und als ihr Bruder mit der Neckerei fortfuhr, flüchtete sie.

Nachdem sie bei ihrem wunderbaren eigenen Platz im Walde angelangt war, grub sie zu Füßen der kleinen Tanne schnell ein Loch im Schnee, und dahinein legte sie die Puppe für die Nacht.

»Rühr dich nicht weg, und hab keine Angst«, sagte sie. »Es wird für dich ein Abenteuer werden. Aber die kleine Tanne wird dich bewachen.«

Als Julie am folgenden Vormittag zu ihrem wunderbaren eigenen Platz im Walde kam, entdeckte sie die Puppe im Schnee unter dem Tännchen.

»Nanu, wie bist denn du hierher gekommen?« fragte sie. Aber die Puppe konnte nicht sprechen, und auch die kleine Tanne vermochte es ihr nicht zu erklären, obwohl sie ernst die Zweige bewegte. Da frischer Schnee gefallen war, konnte Julie keine Fußspuren sehen, nur ihre eigenen.

»Vielleicht bist du eine Wundertanne«, sagte sie sinnend. »Du läßt Überraschungen wachsen!«

Die Vormittagssonne bewirkte, daß der Schnee funkelte, als ob er lebendig wäre, und Julie fühlte sich versucht, ihn anzufassen. Sie baute elegante Eistürme und einen großen Raum für die Puppe. Dann trat sie zurück, um ihr Werk zu bewundern und um ihre Hände in einem molligen Muff zu wärmen.

Als sie sah, daß die Puppe in ihrem Baumwollkleid frieren mußte, lief sie nach Hause und holte ein Puppenbett und eine kleine Pelzdecke.

»Nun hast du es schön warm«, sagte sie. »Und du brauchst dich nicht zu fürchten, denn die kleine Tanne wird dich ja bewachen.«

Als Julie schließlich den Wald verließ, ruhte die Puppe warm eingehüllt im Kristallsaal eines schimmernden Schneepalastes, und ringsum führten die Tannenbäume mittels der Zweige ein Gespräch.

Am dritten Tage vor Weihnachten lief Hanna nachmittags wieder in den Wald. Diesmal nahm sie ein Babypüppchen mit, damit die Mutterpuppe während ihres Aufenthaltes im Walde Gesellschaft hatte.

Als Hanna den Schneepalast unter der kleinen Tanne in den schrägen Sonnenstrahlen glänzen sah, war sie so geblendet, daß sie niederkniete, um sich zu vergewissern, ob sie tatsächlich ihre Holzpuppe vor sich hatte, die da in dem schönen Bett mit der prachtvollen Pelzdecke lag. »Wie ist das nur möglich?« fragte sie.

Aber die Puppe konnte nur ihr geschnitztes Lächeln lächeln.

Hanna vermochte nicht zu sehen, daß hier jemand herumgegangen war, denn der Schnee hatte zur Herstellung des Palastes gedient, so daß die Spuren auf dem Platz im Walde verwischt waren.

»Vielleicht bist du eine Wundertanne!« stieß Hanna hervor und betrachtete die kleine Tanne, die stolz ihre Zweige ausbreitete.

Hanna fürchtete sich beinahe, denn die Tanne, unter der dieser schöne Palast schimmerte, kam ihr höchst geheimnisvoll vor. Aber da die Puppe in dem glitzernden Saal einsam zu sein schien, steckte Hanna schnell das kleine Püppchen unter die Pelzdecke, und dann lief sie heim.

Am folgenden Tage begab sich Julie schon ziemlich früh in den Wald. Sie sorgte sich, daß die Sonne den Palast vielleicht geschmolzen hätte; aber zu ihrer Erleichterung stellte sie fest, daß die kleine Tanne ihn beschattet hatte. Und die Puppe sah aus, als ob jemand sie für die Nacht sorgsam zugedeckt hätte. Was war denn das? Was hielt sie da im Arm? Oh, ein kleines Kind!

»Du mußt wirklich eine Wundertanne sein!« rief Julie beseligt der kleinen Tanne zu. »Jeden Tag läßt du für mich eine Überraschung wachsen! Ach, du süßes Kindchen, du frierst sicher!«

Es fiel ihr ein, daß sie daheim eine kleine geschnitzte Wiege mit einer seidenen Decke und einem winzigen Federbett hatte, und schnell holte sie die Sachen. Das Püppchen paßte genau in die Wiege, und Julie stellte das gut zugedeckte Kindchen neben das Bett der Mutterpuppe.

Am zweiten Tage vor Weihnachten verließ Hanna am Nachmittag die Hütte; sie hatte alle Schürzentaschen voller kleiner Holztiere – Hühner, Schafe, Esel, Kühe und Ziegen. Ihr lebhafter jüngster Bruder, der mit allen Sachen immer viel zu rauh umging, hatte ein Lämmchen zerbrochen und ungeduldig alle Tiere auf dem Boden verstreut. Da es Hannas größte Schätze waren – ihr Vater hatte die Holztiere an langen Winterabenden für sie geschnitzt –, hob sie sie behutsam auf und trug sie an einen Ort, wo sie sich in Sicherheit befanden – unter ihren Baum.

Sie war ganz außer Atem vom Laufen, als sie zu ihrem wunderbaren Platz im Walde gelangte, und es nahm ihr noch mehr den Atem, als sie ihr Püppchen in einer so schönen Wiege sah.

Sie schaute sich erstaunt um, denn sie hoffte, daß sie irgendwie erfahren könnte, wie das zugegangen war.

Diesmal aber war das Lächeln auf dem Gesicht der Mutterpuppe wie angefroren, und die kleine Tanne klingelte nur Lieder auf den Eiszapfen an ihren Zweigen.

War denn ihr wunderbarer eigener Platz im Walde verzaubert? Die kleine Tanne winkte ihr mit einem Zweig zu.

»Du bist ein Zauberbaum«, flüsterte Hanna.

Die kleine Tanne ließ zustimmend ihre Zweige klingeln. Hanna nahm die Tiere aus ihren Schürzentaschen und stellte sie so auf, daß das Kindlein in der Wiege sie betrachten konnte. Als sie zurücktrat, um sich das Bild anzusehen, fand sie es glückstrahlend.

Auf einmal wurde ihr klar, daß sie nicht nur ihren eigenen Platz hatte, sondern auch ein eigenes Geheimnis. Denn natürlich war ein Zauberbaum im Walde ein großes Geheimnis! Wenn jetzt ihre Geschwister die Hütte mit ihrer emsigen Tätigkeit und ihren eifrigen Reden füllten, dann hatte sie ihr Geheimnis, an das sie denken konnte. Mochten sie nur sagen: »Nun schau sich einer die Hanna an! Sie ist wieder im Wege.«

Als sie nach Hause zurückkehrte, fühlte sie sich hochgemut, denn sie dachte, sie und die kleine Tanne wären die einzigen, welche die Überraschungen im Walde kannten. Die kleine Tanne konnte es keinem verraten, und wenn Hanna groß genug war, ein Geheimnis zu haben, so war sie auch groß genug, darüber zu schweigen. Es gab kein anderes Mädchen in der Welt, das ein so wunderbares Geheimnis hatte ... wenigstens war Hanna dieser Ansicht.

Am folgenden Morgen lief Julie sogar noch früher als sonst in den Wald, um nachzusehen, ob es den Puppen gut ging. Doch wo sie die beiden Puppen allein im Schneepalast zurückgelassen hatte, da waren nun lauter Tiere im Kreis herum aufgebaut! Julie beugte sich verwundert über die niedlichen Schafe, schönen Esel, rundlichen Kühe und zierlichen Ziegen.

»Was für ein Zauberbaum du bist!« pries sie die kleine Tanne.

Lange hockte sie an diesem Vormittag im Schnee und spielte mit den Tieren. Die ganze Zeit wurde sie an irgend etwas erinnert, aber es fiel ihr beim besten Willen nicht ein, was es eigentlich war.

Sie hatte gar keine Lust, in das prächtige Haus mit den vielen Zimmern zurückzukehren. Am vergangenen Nachmittag hatten ihre Eltern die weihnachtlichen Festvorbereitungen beaufsichtigt – Hallen, Dielen und Treppengeländer wurden mit Stechpalme bekränzt, in den Türen Mistelzweige aufgehängt, auf die Fensterbretter Kerzen gestellt, und im großen Salon wartete eine riesige Tanne darauf, geschmückt zu werden.

»Aber mir ist gar nicht nach Weihnachten zumute«, sagte Julie traurig zu der kleinen Tanne, die mit tröstendem Mitgefühl ihre Zweige schüttelte. »Vielleicht liegt es daran, daß unser Christbaum viel zu groß ist ... der Stern oben an der Spitze könnte geradesogut am Himmel sein.«

Doch als die Sonne hoch über der kleinen Tanne stand,

erkannte Julie, daß sie doch nach Hause gehen mußte. Betrübt trat sie den Rückweg durch den Wald an.

Erst als sie beim Betreten des großen Hauses eine Schachtel mit Christbaumschmuck gewahrte, die man beiseite gestellt hatte, fiel ihr ein, wieso das Bild im Walde sie an etwas erinnert hatte. Sie untersuchte, was die Schachtel enthielt, und dann lief sie damit, so schnell sie konnte, zu der kleinen Tanne im Walde zurück. Aus der Schachtel kamen viele Figuren – Kamele, Hirten, drei Weise aus dem Morgenland, liebliche Engel aus Glas, die Musikinstrumente spielten. Die Engel hängte Julie an die Tannenzweige, so daß sie zu fliegen schienen.

Als sie Maria und Josef und das Christkind in seiner strohgefüllten Holzkrippe in die Mitte des Bildes setzte, paßten die Mutterpuppe im pelzbedeckten Bett und ihr Kindchen in der eleganten Wiege gar nicht dazu, obwohl sie die ersten Überraschungen unter dem Baum gewesen waren.

Da merkte Julie, daß die Puppe und ihr Kleines genau wie die Weisen aus dem Morgenland und die Hirten das Christkind betrachten wollten. So stellte sie die beiden zu den andern, so daß sie es sehen konnten.

Es war ein seltsamer Anblick, den sie vor sich hatte, als sie zurücktrat – eine Krippe im Schneepalast, der in der Mittagssonne glitzerte, und darüber ein kleiner Tannenbaum, in dessen eisfunkelnden Zweigen musizierende Engel schwebten.

Während Julie schaute, wurde aus der Verzauberung, die sie der kleinen Tanne zugeschrieben hatte, die herrlichste Weihnachtsfreude.

Etwas Wunderbares war geschehen! Denn das Weihnachtsgefühl, das sie in dem schöngeschmückten prächtigen Hause nicht hatte finden können, wurde ihr hier im Walde vermittelt.

Es war so überwältigend, daß sie es nicht für sich behalten konnte. Sie wünschte sich, daß ihre Eltern herkämen und es ebenfalls sähen, obwohl sie ihnen dann von ihrem Geheimplatz im Walde mit dem Zauberbaum erzählen mußte.

Kurz nachdem Julie gegangen war, lief Hanna in den Wald. Sie weinte so bitterlich, daß ihr die Tränen von den Wangen sprangen. Was sie zu Hause auch tun mochte, ihre Schwestern sagten, sie mache es falsch, und ihre Brüder zürnten, sie sei im Wege.

Sie rannte blindlings in den Wald. Da sie das Gefühl hatte, von keinem Menschen geliebt zu werden, wollte sie sich an ihrem Geheimplatz verstecken. Der Zauberbaum würde sicher nicht nur über ihrem Spielzeug, sondern auch über ihr wachen.

Sie weinte so sehr, daß alles, als sie zu dem Baum gelangte, in einem Regenbogen von Licht und Tränen glänzte. Dann sah sie, daß die Mutter ihr Bett verlassen hatte und mit der Babypuppe inmitten der Holztiere stand – ganz unversehrt und gesund.

Doch während sie schaute, wurde sie von einer solchen Freude ergriffen, daß sie sich auf die Zehenspitzen stellte. Nirgends gab es einen so wunderbaren Baum wie diese kleine Tanne!

Es war wirklich ein Zauberbaum, denn an den Zweigen trug er Engel, und darunter stand eine Krippe, umgeben von Hirten, den Weisen aus dem Morgenland und Kamelen; auch Maria und Josef waren da, und in der Krippe lag das Christkind, genau wie sie es einmal in der Kirche gesehen hatte.

Hier hatte sie das herrlichste Weihnachtsgeheimnis vor sich, das ein kleines Mädchen jemals erleben konnte!

Hanna merkte, daß ein Engel nahe daran war, vom Ende eines schimmernden Zweiges zu rutschen. Sie streckte die Hand aus, um ihn festzuhalten, doch in diesem Augenblick ertönte plötzlich eine Stimme, so daß Hanna beinahe zu Eis erstarrte.

»Was machst du da mit meiner Krippe?«

Langsam drehte sich Hanna um, und da gewahrte sie ein kleines Mädchen, das sehr böse aussah.

Es war Julie, die sich auf einmal anders besonnen und beschlossen hatte, ihr Weihnachtsgeheimnis doch nicht den Eltern zu verraten. Sie wollte nur zurückkehren und sich an allem allein erfreuen. Und nun fand sie hier ein fremdes Mädchen mit gestrickter Mütze, abgetragenem Mantel, derben gestrickten Strümpfen und häßlichen Schuhen, die ihm viel zu groß waren. So ein sonderbares Mädchen ... und was wollte es gerade tun? Einen kostbaren, zerbrechlichen Glasengel stehlen?

»Rühr meinen Engel nicht an!« befahl Julie. »Scher dich hier weg!«

Während Hanna das fremde Mädchen anstarrte, schwand ihr Schrecken. Wie könnte ein gleichaltriges Mädchen ihr Angst einjagen, mochte es auch mit einem warmen, eleganten Pelzmantel und einer molligen Pelzmütze bekleidet sein!

Hanna war ja in den Wald gegangen, weil sie die Überzeugung hegte, von keinem Menschen geliebt zu werden, und weil sie bei ihrem Spielzeug unter der kleinen Tanne Zuflucht suchen wollte ... da durfte ihr niemand sagen, sie solle sich wegscheren. Sie war nicht mehr ängstlich, sondern zornig.

»Das gehört mir«, sagte sie fest. »Das sind meine Puppen und meine Tiere. Und dies ist mein Platz im Walde – und meine Zaubertanne. Ich bin hier daheim, also scher du dich weg!« Trotzig trat sie mitten in den Aufbau, wobei ihre klobigen Stiefel beinahe die Tiere zertraten.

»Gib doch auf meine Wiege acht!« schrie Julie.

»Das ist meine Krippe. Und es ist nicht dein Platz im Walde. Ich habe ihn entdeckt. Und das ist mein Zauberbaum.«

Die beiden Mädchen blickten einander wütend an und dann auf den Baum, der plötzlich sein strahlendes Aussehen verloren hatte.

Julie wollte die Wiege ergreifen, aber der Tannenbaum schüttelte vor ihren Augen die Zweige, so daß sie versehentlich Hannas Puppe nahm.

»Das ist meine Puppe!« rief Hanna und langte danach. »Laß meine Sachen in Ruhe!«

Als sie die Hand nach der Puppe ausstreckte, rutschte sie aus, und im Fall riß sie Julie mit. Irgendwie konnte sie sich nicht auffangen, so daß sie ihre Widersacherin weiterstieß, bis Julies Gesicht im kalten Schnee lag.

Julie schluchzte. Noch nie war sie in eine Schneemasse gestoßen worden. Aber schon immer hatte sie sich gewünscht, mit Schneebällen einmal auf etwas anderes zu zielen als nur auf die schmucke Sonnenuhr im Garten. Sie raffte sich auf die Knie, knetete einen Schneeball zusammen und warf ihn mit aller Kraft nach dem fremden Mädchen.

Der Schneeball ließ Hanna abermals das Gleichgewicht verlieren. Ihre Hände fuhren in die Luft, um den Fall aufzuhalten, und sie streiften die Tannenzweige, worauf die Engel nach allen Seiten schaukelten. Sie kippte rücklings um, und während sie mit den Beinen strampelte, flogen Kamele, Puppen, Wiege, Schafe, Ziegen, Kühe, Hirten und die drei Weisen aus dem Schneepalast. Zum Glück waren Maria, Josef und das Christkind, sorgfältig von der kleinen Tanne geschützt, in einer besonderen Nische untergebracht, so daß ihnen kein Schaden widerfuhr.

Die kleine Tanne, die fast aller Engel beraubt war, stand verloren inmitten einer wüsten Szene.

Hanna, die sich den Kopf an der Wiege angeschlagen hatte, lag laut weinend im Schnee. Was blieb ihr noch? Niemand liebte sie, und jetzt war sogar ihr Geheimplatz nicht mehr ihr ureigenes Geheimnis! Wo sonst konnte sie Zuflucht suchen?

Julie, die den schönen Anblick des schimmernden Schneepalastes geliebt und solche Freude an ihrer geheimen Weihnachtskrippe gehabt hatte, saß im Schnee und weinte leise. Alles war hin – zerstört von einem abscheulichen Mädchen, das laut heulte wie ein unglückliches Hündchen.

Julie schaute zu Hanna hinüber, und da begann sie plötzlich zu lachen. Sie konnte einfach nicht anders.

Bei jedem Schluchzer, der Hannas Körper erschütterte, hüpfte eine Ziege, die ihr auf die Brust gefallen war, auf und nieder.

Als Hanna das unerwartete Lachen hörte, richtete sie sich auf und fragte: »Worüber lachst du?«

»Über dich«, kicherte Julie. Die Ziege war zu Boden geglitten, aber Julie lachte weiter. »Du bist so groß, und alle die Sachen um dich herum sind so klein!«

Hanna paßte gar nicht zu ihrer Umgebung. Ringsum war lauter zierliches Spielzeug verstreut; der eine unversehrte Turm des Schneepalastes reichte ihr kaum bis zur Schulter, und über ihrem Kopf hing der einzige Schmuck, der dem Bäumchen noch geblieben war, ein pausbackiger Engel, der hingegeben eine stumme Trompete blies.

Hanna schätzte es nicht, ausgelacht zu werden, doch plötzlich sah sie etwas, das auch sie zum Lachen brachte. Auf Julies molliger Pelzmütze saß ein Engel.

»Was für eine lustige Mütze du aufhast!« lachte Hanna.

Julie schätzte es ebensowenig, ausgelacht zu werden, aber als sie nach ihrer Mütze griff und den Engel herunternahm, lächelte sie. »Ach, du meine Güte, er sieht ganz verfroren aus«, sagte sie. »Er hat ja nur ein seidenes Hemdchen an. Wo ist mein Muff? Ich will ihn darin wärmen.«

»Hier ist er!« Hanna sah den Muff im Schnee liegen, und sie fand darin zwei kleine Holzhühner und ein Lämmchen. Vorsichtig schüttelte sie sie heraus, und dann reichte sie Julie den Muff. »Wie weich sich der Pelz anfühlt.«

Die Hände der beiden Mädchen berührten einander, als Julie den Muff entgegennahm, und einen Augenblick drückte jede der andern die Hand.

»Es tut mir leid, daß ich den Schneeball nach dir geworfen habe«, sagte Julie. »Aber eine Schneeballschlacht habe ich mir schon immer gewünscht.«

»Wirklich?« Hanna wunderte sich. Sie versteckte sich immer, wenn ihre Brüder eine Schneeballschlacht veranstalteten. »Mir tut es leid, daß ich dich umgestoßen habe. Komm, ich will dich abklopfen.«

Sie halfen sich gegenseitig auf die Beine und klopften einander ab. Dann hob jede ihre Sachen auf.

»Ich glaube, ich nehme meine Sachen wieder nach Hause«, sagte Julie.

»Und ich nehme meine Sachen«, sagte Hanna, obwohl sie keineswegs entschlossen war, sie nach Hause zu tragen. Wenn sie eine Weile wartete, ging das andere Mädchen vielleicht inzwischen weg, und dann hätte Hanna die kleine Tanne im Kreis der Bäume wieder ganz für sich gehabt.

»Es ist also doch keine Zaubertanne, nicht wahr?« bemerkte Hanna nachdenklich. »Wir beide brachten die

Sachen her, aber wir dachten, der Tannenbaum hätte sie uns geschenkt.« Sie holte den einen kostbaren Engel herunter und reichte ihn Julie.

Die kleine Tanne konnte nur traurig dastehen und die Zweige sinken lassen, als ob sie alt wäre und Schmerzen litte.

»Wie traurig das Bäumchen aussieht«, sagte Julie, die den Engel in der Hand hielt. Die Weihnachtsfreude hatte sie verlassen, und sie fühlte sich leer wie eine Schote im Wind.

»Es war das Schönste, das ich jemals sah«, antwortete Hanna betrübt. Sie fühlte sich leer wie eine vom Meer angespülte Muschelschale. »Es war mein ureigenes Geheimnis.«

»Es war auch mein Geheimnis«, sagte Julie, »und ich wünschte, ich hätte es noch. Könnten wir nicht . . . alles wieder aufbauen? Könnte es nicht unser gemeinsames Geheimnis sein? Könnten wir es nicht teilen?«

»Ach ja!« rief Hanna, und sie sah zu, wie Julie den Engel wieder vorsichtig aufhängte.

Wie unterhaltend war das! Jede bemühte sich, die Engel so an dem Tannenbäumchen aufzuhängen, daß sie am prächtigsten zur Geltung kamen, und sie gaben sich die größte Mühe, die Tiere besonders hübsch um die Krippe aufzustellen. Julie gab wieder das schöne Bett und die Pelzdecke für die Mutterpuppe her, außerdem die Wiege und die seidene Bettdecke für das Kindchen.

Gemeinsam schaufelten sie den Schnee zusammen und bauten einen schimmernden Palast mit Torbögen und Türmen. Julie zeigte Hanna, wie man aus Schnee eine ganze Heerschar kleiner Engel mit glänzenden Flügeln machen konnte, und diese Englein bewachten Maria, Joseph und das Christkind.

Als sie fertig waren, trafen die letzten Sonnenstrahlen

den Baum und ließen ihn glitzern. Die Krippe war schöner denn je, weil sie aussah, als würde sie durch die Liebe der beiden kleinen Mädchen, die einander bei der Herstellung geholfen hatten, von innen erhellt.

Während sie ihr Werk betrachteten, wurden sie wieder von der warmen Weihnachtsfreude erfüllt.

In diesem Augenblick erschallte eine Männerstimme durch den stillen Wald: »Julie, Julie! Wo bist du?«

Und dann zirpte eine Frauenstimme wie der Schrei eines Vogels: »Juuuliiie!«

Von der anderen Seite des Waldes drangen viele Stimmen herüber: »Hanna! Hanna! Komm heim, Hanna!«

»Oh!« rief Hanna. »Schnell, verstecken wir uns! Meine Geschwister suchen mich, und sie dürfen mich nicht finden!«

»Warum nicht?« fragte Julie. »Rufen sie nicht, du sollst heimkommen?«

»Ja, aber ich kam her, um mich vor ihnen zu verstekken ... Und wenn sie uns hier finden, entdecken sie unseren Geheimplatz.«

Julie zögerte. Die Stimme ihres Vaters kam immer näher ... und es fiel ihr ein, daß sie sich ja anders besonnen hatte und ihr Weihnachtsgeheimnis den Eltern nicht zeigen wollte.

»Sei ganz, ganz still«, flüsterte sie Hanna zu. »Vielleicht verfehlen sie uns in der Dunkelheit, und dann können wir weglaufen und sie von einer anderen Stelle im Wald aus rufen.«

Der Sonnenschein war erloschen. Die beiden Mädchen klammerten sich im Schatten des Baumes aneinander; sie wagten kaum zu atmen. Aber Julies Eltern klangen so verlassen, und Hannas Geschwister klangen so besorgt. Hanna blickte sich unter den dunklen Bäumen um, und sie fürchtete sich davor, den Weihnachtsabend allein im

Walde zu verbringen. Ach, könnte sie die Geschwister doch vom Waldrand aus rufen! Während sich die Mädchen so still verhielten, klagte ein verirrter Wind durch die Bäume. Zuerst rüttelte er an den vereisten Zweigen der kleinen Tanne, so daß sie klirrten und rasselten; dann schüttelte er die Engel, daß ihre Zimbeln schmetterten und die Saiten ihrer Harfen schwirrten. Schließlich fuhr er in die Trompeten und Hörner der Engel und ließ sie erklingen. Es waren wunderschöne Töne, die im stillen Walde ganz klar und harmonisch erklangen.

»Ich glaube, der Baum will nicht, daß wir unser Geheimnis für uns behalten«, flüsterte Julie. »Nein, es hörte sich an, als riefe er alle herbei«, raunte Hanna.

Da kamen Julies Eltern zwischen den Bäumen hervor. Sie trugen Laternen, die einen weiten Lichtkreis verbreiteten.

»Julie! Julie! Wir hielten dich schon für verloren!«

Ihre Eltern herzten und küßten sie.

Gleichzeitig spähten Hannas Geschwister auf die Lichtung. »Da bist du ja!« riefen sie erleichtert. »Wir dachten schon, du wärst von zu Hause weggelaufen.«

Hanna verriet ihnen nicht, daß sie tatsächlich weggelaufen war; sie sah nämlich Liebe in ihren Augen, auch in den Augen ihrer ältesten Schwester, von der sie immer am meisten gescholten wurde.

»Kommt und schaut euch etwas an«, sagte sie.

Die Abendsterne strahlten über den Bäumen und verliehen der kleinen Tanne mit den vereisten Zweigen und den glitzernden Engeln einen Glanz, funkelnder als tausend Kerzen. Hanna bat ihre Brüder, mit den Laternen einen Kreis zu bilden, und da konnten alle im hellen Schein das Weihnachtsgeheimnis der beiden Mädchen unter der kleinen Tanne sehen und bewundern.

Julies Eltern waren ergriffen.

Hannas Geschwister staunten.

Und während sie schauten, wurde die Weihnachtsfreude so stark, daß alle davon erfaßt wurden. Als Hannas Stimme sich Luft machte und in ein Lied ausbrach, stimmten alle ein.

»Ihr Kinderlein kommet, o kommet doch all,
Zur Krippe her kommet in Bethlehems Stall,
Und seht, was in dieser hochheiligen Nacht
Der Vater im Himmel für Freude uns macht.

O seht in der Krippe im nächtlichen Stall,
Seht hier bei des Lichtes hell glänzendem Strahl
In reinlichen Windeln das himmlische Kind,
Viel schöner und holder, als Engel es sind.«

Als sie sich dann anschickten, durch den tiefverschneiten Wald zu ihren Häusern zu gehen, die auf entgegengesetzten Seiten lagen, wünschten sie einander »fröhliche Weihnachten«.

»Fröhliche Weihnachten, Julie«, sagte Hanna. »Wirst du morgen wieder herkommen?«

»Ja – und jeden Tag«, versprach Julie. »Ich wünsche dir fröhliche Weihnachten und auch unserer Zaubertanne.«

Die kleine Tanne war wirklich ein Christbaum, der über Zauberkräfte verfügte. Denn durch sie hatten nicht nur zwei kleine Mädchen zueinander gefunden, sondern auch das Weihnachtsgefühl erlebt, das überall dort aufblüht, wo Menschen zusammenkommen und etwas Eigenes miteinander teilen.

Georg Britting

Die Könige sind unterwegs

Der Schnee fiel schon seit Stunden, dick und fett und weiß, und so war nicht zu sehen, ob es Kartoffelfelder waren, die sich da hindehnten, ob Weizensaat hier keimte oder junger Roggen, vielleicht waren es Wiesen, weil ja alles weiß war, gleichmäßig weiß, wattebauschig weiß. Ein Dorf, nicht fern, das sah aus, als habe ein großmächtiger Maulwurf einen überschneiten Berg aufgewühlt, und vielleicht würde er, der unsichtbare schwarze Pfotenschaufler, den Berg noch höher wölben, immer höher, immer höher! Und es fiel Schnee, das würde nimmer aufhören heut, morgen auch nicht, vielleicht übermorgen, wenn überhaupt je. Wahrscheinlich lief neben der Straße ein Straßengraben. Aber zu sehen war er nicht, so war er angefüllt mit Schnee.

Drei Männer kamen die Straße daher, und es war wunderbar genug, daß sie immer noch die Straße unter den Füßen hatten, sie wußten auch nicht genau, ob es immer noch die Straße war, vielleicht gingen sie schon längst querfeldein. Bis an die Knie reichte ihnen der Schnee, und besonders Balthasar, der Neger, litt unter der Kälte, und sein roter Mantel hätte besser zum gelben Wüstensand seiner Heimat gepaßt (wie war sie fern!) als zu dieser weißen Winterlandschaft, aber er ging unverdrossen hinter Kaspar und Melchior drein. Kaspar hatte einen langen, spitzen Bart, weiß wie der Schnee, und trug einen schwarzen Mantel, der geräumig um ihn wogte, und Melchior war bartlos und faltenfrei im Gesicht, und sein Mantel war gelb und um die Hüften herausfordernd eng geschnitten. Sie gingen im Gänsemarsch, einer trat in die Fußstapfen des anderen, und da zeigte es sich, daß der Neger die kleinsten Füße hatte von den dreien, denn seine silbergeflochtenen Schuhe hätten gut zweimal Platz gehabt in den tiefen Gruben, die seine Vorgänger traten. Und einmal machte es ihm Spaß, das zu versuchen, in einer Grube Fuß vor Fuß zu setzen, Silberschuh vor Silberschuh, und so stehen zu bleiben. Wie komisch der schwarze Mantel Kaspars sich blähte!

So gingen sie und sahen manchmal zum Himmel auf. Der war nicht zu sehen, nur Schnee sah man herunterfallen, aber der Himmel war schon noch da, o ja, unerschütterlich, der Himmel, denn sie sahen den Stern: zwar nur laternenklein, zartrosafarbig war er, ein Sternleien nur, winzig im schwarzgrauen Flockenfall, aber er war da, war noch da und führte sie.

Das Dorf, das Maulwurfsdorf, blieb auch schon zurück, und sie gingen immer weiter, und Balthasar schüttelte den Rotmantel, ihn von der Schneelast zu befreien, und der dicke Melchior stampfte mit den Füßen, weil sich an seinen Absätzen Schneeballen bildeten und zu Eis wurden, was das Gehen erschwerte.

Zur linken Hand an der Straße, wenn es noch die Straße war, auf der sie gingen, stand ein starker Baum mit vielen Ästen, knorrigen und lustig verdrehten, und als sie bei ihm waren und wieder einmal zum Himmel aufschauten, war der Stern schon noch da, der Rosastern, aber er glühte plötzlich stark auf, wie ein riesiges Katzenauge, funkelte, es war zum Fürchten, einen Augenblick lang waren Baum und Himmel und der unendliche Schnee rosarot, weithin alles rosarot, dann erlosch er, war weg, wirklich, er war weg, fort, und der Schnee wieder weiß. Der Mohr im roten Mantel schrie: »Habt ihr's gesehen?« Sie hatten es natürlich alle drei gesehen, blieben alle drei unterm Baum stehen. »Dann muß es hier sein, irgendwo in der Nähe«, sagte Kaspar, »aber wo?« »Wir warten hier«, entschied Melchior.

Sie ließen sich unter dem Baum nieder, breiteten eine Decke aus auf dem Schnee und setzten sich und hüllten sich fest in ihre Mäntel, daß sie waren wie drei merkwürdige Vögel, ein blutroter, ein rabenschwarzer und ein gelber. Sie sprachen nichts, der Schnee fiel lautlos, und der junge Balthasar wiegte den Krauskopf hin und her, immer hin und her, daß die goldenen Ringe an seinen Ohren klirrten. Dann hielt er den Kopf ruhig, die Ohrringe schwiegen, da war nur mehr der lautlose Schnee.

Wahrscheinlich waren sie eingeschlafen und erwachten von einer Stimme, die sie anrief, und sie wachten alle drei gleichzeitig auf, und da stand vor ihnen ein Mann, der hatte einen grauen Bart, grau wie das Fell des Esels, den er am Zügel führte, und auf dem Esel saß eine Frau. Das Tier schnappte mit weichem Maul nach dem roten Mantel des Mohren, und der Mann fragte: »Ist hier kein Dorf in der Nähe? Es wird Abend, und wir sind müd und suchen ein Unterkommen.« So fragte der Mann, und Balthasar, der ihn scharf beobachtete, bemerkte doch nicht, daß sich irgend etwas bewegt hätte in dem Gesicht des Fragers. Denn wenn auch seine Lippen vom Bart bedeckt waren, hätte man doch diesen, den Bart, sich rühren sehen müssen, oder die Wangen sich heben, oder die Nasenflügel, aber das alles geschah nicht. Das Gesicht des Mannes blieb still und unbewegt, auch während er sprach; Balthasar verwunderte sich und stand auf, und da standen die beiden anderen auch auf, und Kaspar sagte: »Da hinten ist ein Dorf, eine halbe Stunde zurück, und Ihr werdet dort schon finden, was Ihr sucht!«

Der Mann nickte dankend, und die Frau nickte, und der Mann trieb den Esel an, der den roten Mantel ungern aus dem Maul ließ, und dann verschwanden Mann, Frau und Tier im Schneetreiben.

Balthasar dachte darüber nach, ob wohl seine beiden Gefährten es auch beobachtet hätten, daß der Graubart mit stummen Lippen hatte reden können, und wollte sie fragen, da sagte Kaspar: »Sie sind's!« – »Wer?« fragte Melchior. »Wer?« fragte Balthasar und rieb an seinem Mantelärmel, der feuchtwarm war von der Eselsmaulnässe.

»Sie sind's!« wiederholte Kaspar und bekam ein ganz frommes Gesicht. Balthasar schrie wütend: »Sie sind's! Sie sind's! Ein Mann war es und eine Frau und ein Esel! Aber wir suchen doch ein Kind!« Der zornige Mohr drehte die Augen, daß man das Weiße sah. Und plötzlich, wie flehend, sagte er mit leiser Stimme: »Ein Kind doch suchen wir!«

»Ihr habt nicht gesehen«, fragte Kaspar, fragte es sanft und lächelte dem Neger ins Gesicht: »Ihr habt nicht gesehen, daß die Frau gesegneten Leibes ist?«

Der Mohr wurde selig bleich, Melchior fing mit der Hand eine Schneeflocke und hielt sie wie eine Hoffnungstaube, und der weiße, scharfäugige Kaspar fragte: »Habt ihr eure Geschenke bereit?«

Und sie holten aus den Manteltaschen Gold in blanken, runden Stücken, würzige Hölzer und Öle in kostbaren Flaschen.

Sie setzten sich wieder, im Schneewirbel, und vor ihnen lagen die Geschenke im Schnee, und die Flocken tanzten darüber, aber keine einzige ließ sich darauf nieder, nicht eine, und sie glänzten unberührt, bis sie zuletzt in einer

Mulde lagen, wie in einer Schneeschüssel mit weißen Schneewulsträndern.

Die drei Könige saßen die ganze Nacht, sie froren nicht, sangen leise Lieder vor sich hin, Balthasar ein seltsam verschnörkeltes, afrikanisches, Kaspar ein brummendes, dumpfes, und Melchior sang auch, aber nicht schön, und lachte dazwischen, und sie sangen und erwarteten den Morgen.

Der kam, die Sonne kam, es schneite nicht mehr, der Baum glänzte im Licht, und aus der Tiefe der Schneeschüssel leuchteten die Geschenke. Sie nahmen sie an sich, und Kaspar rief: »Jetzt zu dem Dorf!«

Sie drehten um, Kaspar voran, dann Melchior, dann der schwarze Balthasar im roten Mantel, und nahmen die Richtung auf das Maulwurfsdorf, das sie gestern gesehen hatten.

Und der plattnasige Mohr, der jüngste der drei, fast ein Knabe noch, blieb plötzlich in einer Fußstapfe stehen, Silberschuh vor Silberschuh, weil ihm wieder eingefallen war, wie der Graubart gestern hatte reden können, ohne daß sein Gesicht sich rührte.

Wenn sie jetzt auf ihn trafen, wollte er sich das genau betrachten.

Ludwig Thoma

Der Christabend

Eine Familiengeschichte

Bei Oberstaatsanwalts Saltenberger hatten sie drei Töchter, Emerentia, Rosalie und Marie.

Alle im höchsten Grade fähig und entschlossen, dem ledigen Stande zu entsagen.

Das herannahende Weihnachtsfest brachte die geliebten Eltern auf den Gedanken, daß sie ihre Kinder am besten mit Männern bescheren würden, und sie überlegten lange, wie dieses zu ermöglichen wäre.

Mama Saltenberger meinte, ihr Mann sollte seine hervorragende Beamtenstellung in die Waagschale werfen und jüngere Kollegen durch die Macht seines Ansehens an ihre staatsbürgerlichen Pflichten erinnern. Saltenberger war nicht prinzipiell abgeneigt, aber er betonte, daß dieser Einfluß nur in ganz familiären Grenzen ausgeübt werden dürfe und daß man in der Wahl der Objekte sehr vorsichtig sein müsse.

In geheimer Beratung wurde zur engeren Wahl der zukünftigen Familienmitglieder geschritten.

Beide Eheleute einigten sich zunächst auf Karl Mollwinkler, zweiter Staatsanwalt. Er war ziemlich abgelebt, und sein kränklicher Zustand ließ hoffen, daß er sich nach der Pflege einer geliebten Frau sehne.

Als zweiter ging Sebald Schneidler, königlicher Landgerichtssekretär, durch.

Nicht ohne Widerspruch. Frau Saltenberger fand die Stellung denn doch etwas subaltern. Ihr Mann hatte Mühe, sie zu überzeugen, daß die gegenwärtige Zeitrichtung die Standesunterschiede einigermaßen nivelliert habe und daß speziell in Heiratsfragen eine zu strenge Auffassung von Übel sei.

Schließlich kam man dahin überein, daß Schneidler sich in Anbetracht seiner sozialen Verhältnisse mit der ältesten Tochter, der vierunddreißigjährigen Emerentia, zu begnügen habe.

Die Aufstellung des dritten Kandidaten bereitete Schwierigkeiten.

Unter den Juristen fand sich trotz sorgfältigster Prüfung keiner mehr, der des Vertrauens würdig gewesen wäre.

Man mußte wohl oder übel in eine andere Sparte hinübergreifen.

Aber auch da zeigten sich überall unüberwindliche Schwierigkeiten, und schon wollte der Oberstaatsanwalt an der gestellten Aufgabe verzweifeln, als im letzten Moment Frau Saltenberger den rettenden Gedanken faßte.

»Weißt du was, Andreas«, sagte sie, »wir nehmen einfach einen von der Post. Da sind die meisten Chancen, denn fast alle Verlobungen, welche man an Weihnachten in der Zeitung liest, gehen von Postadjunkten aus.«

Dieses leuchtete ihrem Manne ein, und er gab seine Zustimmung zur Wahl des Postadjunkten Jakob Geiger. Somit war die Sache gediehen; es galt nunmehr, die zur Bescherung Vorgemerkten unter die drei Töchter zu verteilen. Und das war das schwierigste.

Der Friede wich aus dem Haus des Oberstaatsanwalts Saltenberger.

Emerentia brach in Tränen aus, als die Eltern von dem Plane sprachen; sie sei immer das Stiefkind gewesen, die anderen Fratzen habe man verhätschelt und verzogen, nur sie sei mißhandelt worden, und jetzt solle sie sich mit einem Sekretär begnügen.

Vielleicht müsse sie noch Komplimente machen vor dem ekelhaften Ding, der Rosalie, die man natürlich zur Frau Staatsanwalt nehme, obwohl sie die Dümmste von allen sei. Aber nein! nein! und nein! Da kenne man sie schlecht. Sie lasse nicht auf sich herumtrampeln, und lieber verhindere sie den Plan, so daß gar keine einen Mann erwische, als daß sie sich mit dem Affen von einem Sekretär abfinden lasse.

Ihr Widerstand war leidenschaftlich, aber schlimmer als derjenige von Marie, welcher man den Postadjunkten zugedacht hatte. Sie war die Jüngste und durfte billig annehmen, daß sie auf dem Heiratsmarkte die besten Preise erzielen könne. Allerdings schielte sie, aber sie sagte sich, daß ein verständiger Mann solche Kleinigkeiten nicht beachte. Zudem, lieber schielen als einen Kropf haben wie Emerentia oder schlechte Zähne wie Rosalie.

Papa Saltenberger hatte böse Tage; während er auf dem Bureau weilte, sammelte sich daheim eine unglaubliche Menge Sprengstoff an, welcher regelmäßig beim Mittagstisch explodierte.

So ging das nicht. Die Eltern beschlossen, die drei Herren als Ganzes zu bescheren und die Wahl den Kindern zu überlassen.

Auf diese Weise hatten wenigsten sie Ruhe gefunden, wenngleich der Krieg unter den Schwestern fortdauerte. Emerentia stickte in heimlicher Abgeschlossenheit an einem Paar Pantoffeln, und bei jedem Stich wurde sie fester entschlossen, dieselben nur dem zweiten Staatsanwalt Mollwinkler zum Zeichen ihrer Liebe an die Füße zu stecken. Rosalie häkelte einen Tabakbeutel, Marie strickte wollene Handschuhe.

Und jede wußte, wem sie die Gabe weihen würde. Alle drei zogen die Mutter ins Vertrauen, und da Frau Saltenberger einen gutmütigen Charakter hatte, sagte sie zu jeder verstohlen: »Kindchen, Kindchen, ich seh' dich noch als Frau Staatsanwalt.«

Und jede war glücklich darüber. Erstens überhaupt, und dann, weil die zwei anderen Maulaffen vor Neid bersten würden.

So kam allmählich das heilige Weihnachtsfest heran mit seinem unvergeßlichen Zauber für die Familie, jener Tag, an welchem die Junggesellen so ganz besonders Sehnsucht empfinden nach einem schöneren Los, nach einer liebenden Gattin und nach Kindern, welche mit ihren Spielzeugen um den Christbaum tanzen.

Oh, welche Gefühle walteten in dem Hause des Oberstaatsanwalts Andreas Saltenberger!

Das war ein Raunen und Flüstern, ein geheimnisvolles Weben, ein Hin und Her, von einem Zimmer in das andere, bis endlich um sieben Uhr Vater, Mutter und die drei Töchter sich im Salon versammelten, festlich geschmückt und sehr erwartungsvoll.

Jede der Schwestern erregte durch ihr reizendes Aussehen die Freude der Eltern und das verächtliche Mitleid der beiden anderen.

Es läutete. Das Dienstmädchen eilte zur Türe, im Salon hielten fünf Menschen den Atem an. Wer kam? Eine tiefe Stimme, unverständlich, dann schlurfte das Mädchen zurück und übergab dem hastig öffnenden Papa einen Brief. Aufreißen und lesen. Sekretär Schneidler sagt mit bestem Dank ab, da er heimreise. Die drei Schwestern atmeten auf. Auf diesen Menschen hatte keine reflektiert. Es läutete wieder. Das Dienstmädchen überbrachte einen zweiten Brief. Die Absage des Herrn Staatsanwalts Mollwinkler wegen Unwohlseins.

Drei Lebenshoffnungen waren vernichtet; der Vater blickte die Mutter an, die Schwestern bissen sich auf die Lippen, und ihr Schmerz wäre unerträglich gewesen, wenn sich nicht ein klein wenig Freude an der Enttäuschung der anderen darein gemengt hätte.

Was tun? Papa Saltenberger raffte sich auf und sagte mit erzwungener Höflichkeit: »Wozu auch fremde Menschen? Nun wollen wir das Fest so recht unter uns begehen!«

Da läutete es wieder. Und diesmal kam der königliche Postadjunkt Geiger, welcher noch niemals abgesagt hatte.

Er hatte es nicht zu bereuen. Er war der verhätschelte Liebling der Familie; er bekam ein Paar Pantoffeln, einen Tabakbeutel und wollene Handschuhe, viele Süßigkeiten, Äpfel und Nüsse.

Er trank einen sehr guten Wein und einen famosen Punsch, er aß Rheinsalm, Rehbraten und Pudding und bewunderte die Freigebigkeit der Familie, welche für ihn allein so reichlich auftragen ließ.

Er sagte allen Damen Liebenswürdigkeiten und ließ sich von jeder in der gehobenen Stimmung auf die Füße treten.

Und als er ziemlich betrunken den Heimweg antrat, sagte er sich, daß das Familienleben doch ein Gutes, besonders hinsichtlich der leiblichen Genüsse habe.

Und er verlobte sich am Silvesterabend mit der wohlhabenden Witwe Reisenauer, welche ein gutgehendes Geschäft am Marktplatz hatte.

Peter Rosegger

Erste Weihnachten in der Waldheimat

»Bist doch noch kommen! Wir haben schon gmeint, 's Wetter! Der Nickerl hat schon grehrt, hat glaubt, du kunntst im Schnee sein steckenblieben. Na, weil d' nur da bist. Was magst denn gleich? Ein Eierspeis? Ein Kaffee? Weihnachts-Guglhupf han ich auch schon.«

Kennt ihr sie? Kennt ihr sie nicht? Das ist ja die Stimme der Mutter!

Es waren die ersten Weihnachtsferien meiner Studentenzeit. Wochenlang hatte ich schon die Tage, endlich die Stunden gezählt bis zum Morgen der Heimfahrt von Graz ins Alpl. Und als der Tag kam, da stürmte und stöberte es, daß mein Eisenbahnzug steckenblieb ein paar Stationen vor Krieglach. Da stieg ich aus und ging zu Fuß, frisch und lustig, sechs Stunden lang durch das Tal, wo der Frost mir Nase und Ohren abschnitt, daß ich sie gar nicht mehr spürte; und durch den Bergwald hinauf, wo mir so warm wurde, daß die Ohren auf einmal wieder da waren und heißer als je im Sommer. Der Nase vergaß ich, doch stak sie sicher fest im Gesicht, wo sie heute noch steckt. Auch mein Bündel Bücher schleppte ich, denn die Professoren waren so grausam gewesen, mir Hausaufgaben zu diktieren, besonders in der Mathematik und Grammatik, die ich heute noch hassen könnte bis aufs Blut, wenn es nicht gar so blutlose Wissenschaften wären.

So kam ich, als es schon dämmerte, glücklich hinauf, wo das alte Haus, schimmernd durch Gestöber und Nebel, wie ein verschwommener Fleck stand, einsam mitten in der Schneewüste. Als ich eintrat, wie war die Stube so klein und niedrig und dunkel und warm – und urheimlich. In den Stadthäusern verliert man ja allen Maßstab für das Waldbauernhaus. Aber man findet sich gleich wieder hinein, wenn die Mutter den Ankömmling ohne alle Umstände so grüßt. »Na, weil d' nur da bist!«

Auf dem offenen Steinherd prasselte das Feuer, in der guten Stube wurde eine Kerze angezündet.

»Mutter, nit!« wehrte ich ab, »tut lieber das Spanlicht anzünden, das ist schöner!«

Sie tat's aber nicht. Das Kienspanlicht ist für die Werktage. Weil nach langer Abwesenheit der Sohn heimkam, war für die Mutter Feiertag geworden. Darum die festlichere Kerze. Und für mich erst recht Feiertag!

Als die Augen an das Halblicht sich gewöhnt hatten, sah ich auch den Nickerl, das achtjährige Brüderlein. Es war das jüngste und letzte. Es stand in seinem blädernden Höslein gerade wie ein Bäumchen da und hatte natürlich den Finger im Mund. Seine schwarzen Augen waren weit offen und ganz rund, so verwundert schaute er mich an. Der, um den er schon »grehrt« hatte, war jetzt da, und die Vertraulichkeit stellte sich erst allmählich ein. Selbst als ich ihn zum Kaffee einlud, war es noch nicht soweit, daß er den Finger für das Stück Guglhupf vertauschen wollte.

»Ausschaun tust gut!« lobte die Mutter meine vom Gestöber geröteten Wangen. Sie hatte ihr Gesicht, das nicht gut und nicht schlecht aussah – das alte, süße, kummervolle und doch frohgemute Mutterantlitz. Ich schaute dieses Gesicht nie lange an, immer nur verstohlen – es war immer eine Schämigkeit da, bei ihr auch so, wie bei zwei heimlichen Liebsten. Zärtlich bin ich mit ihr nie gewesen, wohl auch nie grob – und diesmal bei der Heimkehr haben wir uns nur die Hände gegeben. Aber wohl war mir! Wohl zum Jauchzen und Weinen. Ich tat keines, ich blieb ganz ruhig und redete gleichgültige Dinge.

Der kleine Nickerl sah blaß aus. »Du hast ja die Stadtfarb statt meiner!« sagte ich und habe gelacht.

Die Sache war so. Der Kleine tat husten, den halben Winter schon. Und da war eine alte Hausmagd, die sagte es – ich wußte das schon von früher – täglich wenigstens dreimal, daß für ein »hustendes Leut« nichts schlechter sei als »der kalte Luft«. Sie verbot es, daß der Kleine hinaus vor die Tür ging, sie hielt immer die Fenster geschlossen, ja, auch die Tür durfte nur so weit und so kurz aufgehen, wie eben noch ein Mensch rasch aus- oder einschlüpfen kann. Die Eltern wußten es der Alten Dank, daß sie so gewissenhaft für den Kleinen mitsorgen half. So kam der Knabe nie ins Freie und kriegte auch in der Stube keine gute Luft zu schnappen. Ich glaube, deshalb war er so blaß und nicht des Hustens halber. Gehustet hatte auch ich als Knabe, aber damals gab's diese alte Magd noch nicht, und ich trieb mich mit meinen Geschwistern in der freien Weite um, wälzte Schneeballen, rodelte über Berglehnen, rutschte auf dem Eis die Hosen durchsichtig, so lange, bis der Husten wieder gut war. Aber der arme Nickerl hatte keinen gleichgesinnten Kameraden mehr, er war unter Großen das einzige Kind, das Hascherlein im Hause, und fügte sich hilflos den Gesetzen. Ich nützte die wenigen Ferialtage gewissenhaft, um ihn der lebensgefährlichen Fürsorge der Hausmagd abspenstig zu machen. Ich lockte ihn aus dem Hause, verleitete ihn zum Schneeballwerfen, zum Schneemandlbauen, wobei er warme Hände und rote Wangen bekam. Und am Abend hustete er noch mehr. Mich schützte meine Stadtherrenwürde zwar vor dem Schlimmsten, aber das konnte die Alte nicht bei sich behalten, daß ich lieber in meinem Steinhaufen hätte bleiben sollen, als da herkommen, um Kinder zu verderben. Wir setzten munter unsere Winterfreuden fort, und noch eh ich in die Stadt zurückkehrte, war beim kleinen Brüderl der Husten vergangen.

Doch ich laufe der eilenden Zeit voraus. Und will mich doch beim lieben Christfest aufhalten.

In der demselben vorhergehenden Nacht schlief ich wenig – etwas Seltenes in jenen Jahren. Die Mutter hatte mir auf dem Herde ein Bett gemacht mit der Weisung, die Beine nicht zu weit auszustrecken, sonst kämen sie in die Feuergrube, wo die Kohlen glosten. Die glosenden Kohlen waren gemütlich; das knisterte in der stillfinsteren Nacht so hübsch und warf manchmal einen leichten Glutschein an die Wand, wo in einem Gestelle die buntbemalten Schüsseln lehnten. Aber die Schwabenkäfer, die nächtig aus den Mauerlöchern hervorkrochen und zur Zeit einmal Ausflüge über die Glieder und das Gesicht eines Studenten machten! Indes wird ein gesunder Junge auch die Schwabenkäfer gewohnt. Aber sie nicht ihn. Da war's ein anderes Anliegen, über das er noch obendrein schlüssig werden mußte in dieser Nacht, ehe die Mutter an den Herd trat, um die Morgensuppe zu kochen. Ich hatte viel sprechen gehört davon, wie man in den Städten Weihnacht feiert. Da sollen sie ein Fichtenbäumchen, ein wirkliches Bäumlein aus dem Walde, auf den Tisch stellen, an seinen Zweigen Kerzlein befestigen, sie anzünden, darunter sogar Geschenke für die Kinder hinlegen und sagen, das Christkind hätte es gebracht. Auch abgebildet hatte ich solche Christbäume schon gesehen. Und nun hatte ich vor, meinem kleinen Bruder, dem Nickerl, einen Christbaum zu errichten. Aber alles im geheimen, das gehört dazu. Nachdem es soweit Taglicht geworden war, ging ich in den frostigen Nebel hinaus. Und just dieser Nebel schützte mich vor den Blicken der ums Haus herum arbeitenden Leute, als ich vom Walde her mit einem Fichtenwipfelchen gegen die Wagenhütte lief, dort das Bäumlein in ein Scheit bohrte und unter dem Karren- und Räderwerk versteckte. Dann ging ich nach Sankt Kathrein zum Krämer, um Äpfel zu kaufen. Der hatte aber keine, sie waren im selben Jahr zu Pöllau und Hartberg nicht geraten, und so war kein Obstträger in die Gebirgsgegend gekommen.

Nun fragte ich den Krämer, ob er vielleicht Nüsse habe.

»Nüsse!« sagte er. »Zum Anschauen oder zum Aufschlagen? Ich habe ihrer noch ein Sackel vom vorigen Jahr her. Aber die sind nur zum Anschauen. Schlagst sie auf, so hast einen schwarzen oder verdorrten Kern, der nit zum Essen ist.«

Die Nüsse ließ ich ihm. Das wollte ich dem Brüderl nicht antun: eine schöne Schale und kein Kern. Solche Sachen darf man ihm nicht angewöhnen.

Was sollte ich nun kaufen. Er hatte ja allerhand schöne Sachen, der Krämer. Rote Sacktücheln, Hosenträger, Handspiegel, Tabakspfeifen, sogar Maulwetzen (Mundharmoniken). Doch abgesehen davon, daß der angehende Pädagoge manches nicht passend fand, hatte ich mit meinem Geldvorrat zu rechnen, der mich ja auch wieder nach Graz bringen sollte.

»So wär' ich halt umsonst gegangen«, sagte ich.

Darauf der Krämer: »Damit du nit umsonst gegangen bist – wenn man noch du sagen darf zum Herrn Studenten –, so trink da ein Stamperl Roten.« Damit goß er mir aus der Flasche süßen roten Schnaps in ein Gläschen.

Als ich den getrunken hatte, war mir der Mut gestiegen und die Geldsorge gesunken. Aber nicht beim Krämer wurde eingekauft, daraufhin war der Rote auch nicht gespendet vom alten braven Haselgraber. Ich ging über das Brückerl zum Bäcker hinüber und kaufte einen Vierkreuzerwecken, den ich fürsorglich in die Brusttasche steckte, so daß der Fuhrmann Blasel, der mir nachher begegnete, lachend auf mich herrief: »Nau, der Waldbauern-Peter hat ja eine Hühnerbrust bekemma!«, denn die Vierkreuzerwecken in Sankt Kathrein waren damals nicht danach, daß sie unter dem zugeknöpften Rock verborgen bleiben konnten.

Ich kam nach Hause, und nun war für den Christbaum alles beisammen. Aber kaum mir darob behaglich ward, fiel mir ein, daß gerade noch etwas sehr Wichtiges fehlte: die Kerzen. Ich hatte die kleinen Wachskerzen vergessen; wo nehme ich sie her?

Ich nahm sie einfach her.

In einem Bauernhause ist für alles Rat, nur gehört zur Herbeischaffung manchmal eine Notlüge dazu. Sie ist nicht schwer zu machen. Zur Mutter ging ich und bat, ob sie mir nicht ihren roten Mariazeller Wachsstock leihen wollte. Sie fragte wozu? Na, dann tat ich's halt. Ich ginge in der Nacht zur Christmette, wo in der Kirche alle Leute ihre Lichter hätten, so möchte ich auch eins haben. Sie langte nur in ihren Gewandkasten, da hatte ich den Wachsstock.

Dann ward es Abend. Die Gesindleute waren noch in den Ställen beschäftigt oder in den Kammern, wo sie sich nach der Sitte des Heiligen Abends die Köpfe wuschen und ihr Festgewand herrichteten. Die Mutter in der Küche backte die Christtagskrapfen, und der Vater mit dem kleinen Nickerl besegnete den Hof. Hatte nämlich der Vater in einem Gefäß glühende Kohlen, hatte auf dieselben Weihrauch gestreut und ging damit durch alle Räume des Hofes, durch die Stallungen, Scheunen und Vorratskammern, in alle Stuben und Kammern des Hauses endlich, um sie zu beräuchern und dabei schweigend zu beten. Das schweigende Beten, sagte die Mutter gern, sei wirksamer als das laute. Ja freilich, weil es ein Gebet des Gedankens, des Gefühles ist. Nun, und den Vater begleitet der Nickerl mit einem Gefäß Weihwasser und mit dem Sprenggrassel. So wie der Vater durch das Räuchern segnete, so tat es der Kleine mit Sprengen. Es sollten böse Geister vertrieben und gute ins Haus gesegnet werden. So hat man aus den altgermanischen Rauhnächten kirchliche Rauchnächte gemacht.

Wenige Jahre vorher hatte ich dem Vater bei diesem priesterlichen Amte noch geholfen, nun tat es schon das Brüderl und gewiß auch mit jener ehrfürchtigen Andacht, die den Geheimnissen dieser Nacht gebührt.

Dieweilen also die Leute alle draußen zu tun hatten, bereitete ich in der großen Stube den Christbaum. Das Bäumchen, das im Scheite stak, stellte ich auf den Tisch. Dann schnitt ich vom Wachsstock zehn oder zwölf Kerzchen und klebte sie an die Ästlein. Das plagte ein wenig, denn etliche wollten nicht kleben und fielen herab. Ich hätte sehr gern Geduld gehabt, um alles ordentlich zu machen, aber jeden Augenblick konnte die Tür aufgehen und vorzeitig wer hereinkommen. Gerade diese zitternde Hast, mit der sie behandelt wurden, benützten die Kerzchen, um mich ein wenig zu necken. Endlich aber wurden sie fromm, wie es sich für Christbaumkerzchen geziemt, und hielten fest. Es war gut. Unterhalb, am Fuße des Bäumchens, legte ich den Wecken hin.

Da hörte ich über der Stube auf dem Dachboden auch schon Tritte – langsame und trippelnde. Sie waren schon da und segneten den Bodenraum. Bald würden sie in der

Stube sein, mit der wir den Rauchgang zu beschließen pflegten. Ich zündete die Kerzen an und versteckte mich hinter dem Ofen. Noch war es still. Ich betrachtete vom Versteck aus das lichte Wunder, wie in dieser Stube nie ein ähnliches gesehen worden. Die Lichtlein auf dem Baum brannten so still und feierlich – als schwiegen sie mir himmlische Geheimnisse zu. Aber da fiel es mir ein – wenn sie niederbrannten, bevor die Leute kommen! Wie konnte ich's denn hindern? Wie sollte ich sie denn zusammenrufen! Da konnte ja alles ganz dumm mißlingen! Es ist gar nicht so leicht, Christkindel zu sein, als man glaubt.

Endlich hörte ich an der Schwelle des Vaters Schuhklöckeln – man wußte schon immer, wenn es so klökkelte, daß es der Vater war. Die Tür ging auf, sie traten herein mit ihren Weihgefäßen und standen still.

»Was ist denn das?!« sagte der Vater mit leiser, langgezogener Stimme. Der Kleine starrte sprachlos drein. In seinen großen runden Augen spiegelten sich wie Sternlein die Christbaumlichter. – Der Vater schritt langsam zur Küchentür und flüsterte hinaus: »Mutter! – Mutter! Komm ein wenig herein.« Und als sie da war: »Mutter, hast du das gemacht?«

»Maria und Josef!« hauchte die Mutter. »Was lauter haben's denn da auf den Tisch getan?« Bald kamen auch die Knechte, die Mägde herbei, hell erschrocken über die seltsame Erscheinung. Da vermutete einer, ein Junge, der aus dem Tale war: Es könnte ein Christbaum sein. Sollte es denn wirklich wahr sein, daß Engel solche Bäumlein vom Himmel bringen? – Sie schauten und staunten. Und aus des Vaters Gefäß qualmte der Weihrauch und erfüllte schon die ganze Stube, so daß es war wie ein zarter Schleier, der sich über das brennende Bäumchen legte.

Die Mutter suchte mit den Augen in der Stube herum: »Wo ist denn der Peter?«

»Ah«, sagte der Vater, »jetzt schon, jetzt rait ich mir's schon, wer das getan hat.«

Da erachtete ich es an der Zeit, aus dem Ofenwinkel hervorzutreten. Den kleinen Nickerl, der immer noch sprachlos und unbeweglich war, nahm ich an dem kühlen Händchen und führte ihn vor den Tisch. Fast sträubte er sich. Aber ich sagte – selber tief feierlich gestimmt – zu ihm: »Tu dich nicht fürchten, Brüderl. Schau, das lieb Christkindl hat dir einen Christbaum gebracht. Der ist dein.«

Und da hub der Kleine an zu wiehern vor Freude und Rührung, und die Hände hielt er gefaltet wie in der Kirche.

Öfter als vierzigmal seither hab ich den Christbaum erlebt, mit mächtigem Glanz, mit reichen Gaben und freudigen Jubels unter Großen und Kleinen. Aber eine größere Christbaumfreude, ja, eine so heilige Freude habe ich noch nicht gesehen als jene meines kleinen Brüderleins Nickerl – dem es so plötzlich und wundersam vor Augen trat –, ein Zeichen dessen, der da vom Himmel kam.

Solange die Lichtlein brannten, war es wie ein Gottesdienst, während der Mutter auf dem Herde richtig ein paar Krapfen verschmorten. Erst als die Lichtlein verloschen, eins ums andere, bis auch das letzte mit ein paar knisternden Flackern dahin war, huben die Leute an zu reden, und einer brachte, weil es ja finster geworden war, von der Küche ein rötliches Spanlicht herein.

»Was denn da drunter liegt!« sagte der Vater und zeigte auf den Wecken. »Nickerl, mich deucht, das gehört auch dein.«

Der schöne, bräunliche Wecken, mit Weinbeerln gespickt – weil es Weihnachtsgebäck war –, wurde dem

Kleinen in die Hand gegeben. Er hielt ihn ganz hilflos vor sich. Die Freude wurde nicht größer, weil sie nicht mehr größer werden konnte. Der Christbaum allein hatte sein ganzes Herzlein ausgefüllt, sowie der auch unsere Kinder ausfüllen würde, wenn der himmlische Lichterbusch nicht so sehr mit irdischem Tand verweltlicht würde.

Nachher beim Nachtmahl wurden allerhand Meinungen laut.

»Heut tat eigentlich 's Krippel auf den Tisch gehören«, meinte die alte Magd.

»'s Krippel ist eh da oben«, entgegnete der Vater und wies gegen den Wandwinkel, wo neben mehreren Heiligenbildern mit kleinen Figuren auch die Darstellung der Geburt Christi war.

»'s kommt halt eine neue Mod auf«, wußte der Junge aus dem Tal zu sagen. »Der lutherisch Verwalter in Mitterdorf hat in ganz Mürztal den Christbaum aufgebracht. Aber da sind wenigstens gute Sache darunter und daß jeder was kriegt.«

»Aha, wenn du Geschenke kriegst«, sagte ich gereizt, »da magst auch einen lutherischen Christbaum, gelt!«

»Still seid's!« gebot der Vater, der solche Reden nie leiden konnte, und heut am wenigsten.

Also ist die Weihnachtsstimmung schön gewahrt geblieben. Und während wir gekochte Rüben und Sterz aßen, saß der Nickerl beim Christbaum und aß ein Stückchen Wecken, das ihm die Mutter herabgeschnitten hatte. Sich und dem Vater und mir, so war sein Wille, sollte sie auch ein Stück herabschneiden; aber mir war der lang entbehrte Sterz lieber. So zehrte der Kleine noch am Christtag und am Stephanitag und am Johannestage an seinem Wecken. Aber die Weinbeerln hatte er alle schon am ersten Tag aus der Rinde gekletzelt. Endlich war der ganze Wecken weg.

Aber das Bäumlein war noch da, wenn auch kahl und leer, wie sie im Walde stehen. Der Nickerl ließ es auf die Leiste über seinem Bettchen stellen. Und dort stand es gewißlich, bis die Nadeln begannen zu fallen. Dann nahm es die Mutter heimlich weg, hackte es klein und legte es fast zärtlich auf das prasselnde Herdfeuer.

Eugen Roth

Der Gang zur Christmette

Seit wir einigermaßen erwachsen waren, haben wir Weihnachten schon immer am Abend des dreiundzwanzigsten Dezember gefeiert, also um einen Tag zu früh. Wir haben wohl gewußt, daß das eigentlich nicht recht war; und wir waren für unsere Sonderlichkeit auch gestraft genug, denn die wahre Stimmung hat sich nie richtig einstellen wollen. Es ist eben das Geheimnis solcher Feste, daß sie an den Tag und an die Stunde gebunden sind, auf die sie fallen – und Weihnachten gar. Da muß man das große Gefühl haben, daß jetzt in der ganzen Christenheit die Geburt des Herrn begangen wird, daß dies die Heilige Nacht ist, in der überall die Lichter strahlen und die Glocken läuten und in der Millionen Herzen, die sonst wohl kalt und verstockt sein mögen, um den Frieden bitten, den Gott den Menschen verheißen hat, die eines guten Willens sind.

Aber wir sind halt allzu leidenschaftliche Skifahrer gewesen, meine Brüder und ich, und die zwei Feiertage allein haben nicht ausgereicht, auch von München aus nicht, um tief in den Tiroler Bergen, wo es nicht so überlaufen war und wo man sich auf den Schnee hat verlassen können, eine große Gipfelfahrt zu unternehmen. Und eine solche ist unser Weihnachtswunsch gewesen, Jahr um Jahr, sogar mitten im Krieg haben wir daran festgehalten, wenn es uns mit dem Urlaub hinausgegangen ist, und schon im Oktober haben wir unsere Pläne geschmiedet und, mit dem Finger auf der Landkarte, die Freuden einer solchen schönen Abfahrt vorgekostet.

Oft freilich ist der Dezember föhnig gewesen und ohne Schnee; dann haben wir daheim bleiben müssen. Aber am dreiundzwanzigsten Dezember haben wir trotzdem gefeiert. Wenn es dann gegen Mitternacht gegangen ist, dann haben wir mehr als einmal ein frevles Spiel getrieben: Der eine oder andre ist zum Schein aufgebrochen, um in die Christmette zu gehen. Und einmal ist es meinen Brüdern wirklich gelungen, mich zu übertölpeln, und ich habe erst vor den fest verschlossenen Domtüren gemerkt, daß wir allein in der ganzen Stadt das Weihnachtsfest um einen Tag zu früh begangen haben.

In dem Jahr aber, in dem das geschehen ist, was ich jetzt erzählen will, hat es Schnee genug gegeben. In den Bergen ist er schon im November liegengeblieben, und in der Woche vor den Feiertagen ist er gefallen, lautlos, in dicken Flocken, schier ohne Aufhören. Fast zuviel Schnee ist es gewesen, zu viel neuer Schnee; und wie wir im Zuge gesessen sind, meine Brüder und ich, am Samstagmittag, hat es noch immer geschneit; wir sind dann gegen Abend in die Kleinbahn umgestiegen, und der Schnee ist weiter gefallen, weiß und still. Eine Abteilung Kaiserjäger ist aus Innsbruck gekommen und hat den Bahnhof ausgeschaufelt; und im frühen Licht der Bogenlampen haben sich wunderliche Berge überall aufgetürmt, rieselnd und glitzernd wie Plättchen von Metall, mächtige Haufen dieses wunderlichsten aller Stoffe, der Luft wie dem Wasser gleich verwandt, so naß wie trokken, so schwer wie leicht und lange noch dem Himmel zugehöriger als der Erde, bis dann doch das Irdische ihn zwingt, seinen Gesetzen zu gehorchen.

Das Züglein ist so recht wie aus einer Spielzeugschachtel gewesen; und ob es mit dem vielen Schnee fertig werden würde, hat ungewiß genug hergesehen. Mühsam ist es in das Zillertal hineingekeucht, die Lokomotive hat gefaucht und gepfiffen, sie hat Rauch und Feuerfunken in die schwere Luft gewirbelt, aber sie hat's dann doch geschafft mit Ächzen und Stöhnen.

Draußen ist es schon finster gewesen, aber blaß vom Schnee. In weißen Bauschen ist er auf den Dächern gelegen, jeder Zaun und jeder Pfahl hat eine verwegene Mütze getragen, die Bäume haben geseufzt unter der lokkeren Last. Nach Schnee hat's gerochen, still ist es gewesen vor lauter Schnee, die Luft hat geschwirrt von Schnee, von unersättlich fallendem Schnee.

Manchmal haben die Lichter eines Dorfes, eines Bahnhofs aus dem Zauberkreis dieses mattglänzenden Nichts geleuchtet, dann sind Bauern in den Zug gestiegen, vermummte Weiber und klirrende Knechte. Sie haben sich geplustert wie die Hennen, sie haben sich das Eis aus den Bärten gewischt und haben alle vom Schnee geredet, vom vielen, vom zu vielen Schnee, wie er seit den neunziger Jahren so nicht mehr gefallen wäre.

Endlich, am späten Abend, sind wir um den Tisch im Wirtshaus gesessen und haben, bei einem Schöpplein Roten, die Karte vor uns ausgebreitet, noch einmal unsere Bergfahrt überprüft.

Dieses Jahr hat es lange Feiertage gegeben, der Samstag, an dem wir abgefahren sind, ist der zweiundzwanzigste gewesen, morgen, am Sonntag, wollten wir in Hintertaxbach sein, am Dienstag, also am ersten Weihnachtsfeiertage, auf dem Gipfel und von da ins andere Tal hinunter. Am zweiten Feiertage talaus, weit zur Bahn, wo wir noch den letzten Zug erreichen mußten. Und weil die Nacht klar geworden ist und wir ein Anziehen der

Kälte zu spüren gemeint haben, sind wir mit der Hoffnung auf Pulverschnee und schönes Wetter eingeschlafen.

Aber am Sonntag früh hat es schon wieder stumm und hartnäckig vom Himmel geschüttet, es ist lauer geworden, der Schnee ist in Klumpen an unseren Brettern gehangen, kein Wachsen hat geholfen. Nach drei Stunden haben wir es einsehen müssen, daß der Schnee zu mächtig gewesen ist, wir sind auf dem ungespurten Weg bis über die Knie eingesunken, auf einem Weg, der im Sommer ein bequemes Sträßchen ist und auch im Winter sonst eine ausgefahrene glatte Schlittenbahn.

Kein Mensch ist uns begegnet, still ist es gewesen, geisterhaft still. Wir selber haben auch nicht mehr viel geredet, stumm sind wir hintereinander hergestapft, die Landschaft hing weich und weiß unter den warmen Bäuchen das unendlichen Gestöbers, Schnee hat sich uns auf die Wimpern gesetzt, Schnee ist uns in die Augen geflogen, Schnee hat uns jeden Blick verhängt, Schnee ist uns in den Hals geschmolzen, Schnee hat jede Falte unserer Kleider verklebt, Schnee ist blendend und schmerzhaft aus dem Nichts auf uns zugetrieben, in dem oben und unten, vorn und hinten zaubrisch vertauscht schienen.

Einmal haben wir uns in dem nebeldichten Getriebe verleiten lassen, eine vermeintliche Schneise hinunterzufahren; wir sind aber in verschneite Felsen und Jungfichten gekommen, und ich bin gar in eine Grube gefallen, zwischen die aufwippenden Äste des Dickichts, und nun ist der Schnee rings um mich und hoch über mich geflossen wie Wasser oder wie Sand, und wenn ich auch heute lache in der Erinnerung an mein wildes Dreinschlagen und Nach-Luft-Schnappen, damals habe ich ein paar atemlose Augenblicke lang das würgende Gefühl gehabt, im Schnee zu ertrinken, und der Schweiß ist mir aus allen

Poren geschossen, bis ich wieder, tief schnaufend, fest auf den Beinen gestanden bin. Und lange haben wir gebraucht, um die fünfzig, sechzig Meter verlorener Steigung zurückzugewinnen.

Jedenfalls haben wir eingesehen, daß wir so unser heutiges Ziel nicht erreichen würden, und wie, noch vor dem Abenddämmern, ein einsames, armseliges Wirtshaus am Wege gestanden ist, haben wir klein beigegeben und um Nachtlager gefragt.

Eigentlich hätten wir, nach altem Brauch, an diesem dreiundzwanzigsten Dezember unser Weihnachten feiern müssen; aber wir sind verdrossen gewesen wie nach einer verlorenen Schlacht, und in der kalten, unfreundlichen Stube hat keine rechte Frömmigkeit aufkommen wollen. So haben wir uns nach einem lahmen Kartenspiel frierend in die winterfeuchten Betten gelegt und auf den nächsten Tag gehofft. Der ist dann wirklich flaumenweich und rosig aufgegangen, die Kälte hat uns früh herausgetrieben, die Welt hat anders ausgeschaut. Tiefblau ist der Himmel geworden, glitzernd weiß ist der Schnee gelegen, wie mit blauen Flämmchen überspielt, als ob er brenne von innen her. Und von den knirschenden Bäumen sind stäubend die kristallenen Massen gerutscht, und die befreiten grünen Äste haben schwarzgrün im goldenen Licht geschaukelt.

Wir sind zeitig aufgebrochen, zügiger als am Tage vorher sind wir gewandert. Und jetzt haben auch Pflug und Schlitten von Ort zu Ort gegriffen, und am späten Mittag sind wir, schier unverhofft, in Hintertaxbach gewesen.

Das kleine Dorf, holzbraun, fast schwarz unter den riesigen Hauben von Schnee, hat sich am Berg hingeduckt, der in steilen, fast waldlosen Randstufen gegen Südwesten das Tal abschließt. Nur das Gutshaus ist stattlicher gewesen und aus Stein gebaut.

Heute stehen steinerne Häuser genug dorten, und die wuchtigen roten Postkraftwagen laden zwischen Weihnachten und Ostern ganze Scharen von noblen Sportlern aus, die mit großen Koffern von weither angereist kommen. Aber damals ist Hintertaxbach noch kein Fremdenort gewesen, höchstens ein bescheidenes Bad im Sommer. Im Winter ist es völlig verlassen gewesen, jedenfalls waren wir die einzigen Gäste. Die eigentliche Front des Hauses ist während der toten Zeit dicht geschlossen gewesen, aber der Wirt hat es sich nicht nehmen lassen, uns dreien ein Staatszimmer im ersten Stock einzuräumen. Wenn ich sage Staatszimmer, so meine ich das schon richtig. Es ist nämlich ein heilkräftiges Wasser dort geflossen, und in den siebziger Jahren hat es so hergeschaut, als ob man es mit dem weltberühmten Gastein aufnehmen könnte. Und eine Zeitlang ist eine echte Erzherzogin zu Besuch gekommen und hat eine verschollene kaiserlich-königliche Pracht zurückgelassen, die jetzt im wachsenden Verfall einen fast gespenstischen Eindruck gemacht hat.

Der Wirt selber hat auf der Rückseite des Hauses gewohnt, behaglich warm in zwei Stuben, aus deren einer uns der bunte Schimmer eines altmodisch und überreich geputzten Christbaumes begrüßt hat. Für die ebenso spärlichen wie sparsamen einheimischen Gäste, die Bauern, Holzknechte und Fuhrleute, hat er eine gemütliche Schenke eingerichtet, in die auch wir uns zu einem späten Mittagessen gesetzt haben, während unser wintermodriges Zimmer gelüftet und geheizt worden ist.

Wir haben dann droben unsre noch immer feuchten Überkleider aufgehängt, die Rucksäcke ausgepackt und es uns so bequem wie möglich gemacht. Denn unsere kühnen Pläne haben wir aufgeben müssen, weil ja doch ein ganzer Tag verloren gewesen ist und weil es auch bei dem vielen Schnee nicht ratsam geschienen hat, über die lawinengefährliche Platte zu gehen. Wir sind bescheiden geworden, höchstens zu der Scharte wollten wir noch aufsteigen, sonst aber für diesmal faul und gemütlich sein und am zweiten Feiertag auf dem Wege zurückkehren, den wir gekommen waren.

Wir sind dann durch den Ort geschlendert, der im frühen Dämmern schon still geworden ist. Vor den Haustüren haben die Bewohner den Schnee weggeschöpft, zwischen den riesigen weißen Hügeln sind von Haus zu Haus Wege gelaufen wie Mausgänge, und die Straße ist an mannshohen Mauern bis zum Gasthaus gegangen, dann ist die Welt zu Ende gewesen. Ein richtiges Kirchdorf ist Hintertaxbach nicht, nur eine Kapelle ist zwischen den schwarzbraunen Holzhäusern gestanden, ganz und gar eingeschneit, ein Kirchenkind sozusagen.

Unvermutet sind wir um eine Ecke gegangen und mitten in einen Schwarm spielender Buben und Mädel gestoßen; wie sie uns gesehen haben, sind sie kichernd auseinandergelaufen. Aber ein Bürschlein von acht Jahren vielleicht haben wir doch erwischt, und das hat sich jetzt zappelnd unter unsern Händen gewunden. Die Kinder haben nicht recht gewußt, ob es Ernst oder Spaß ist, was wir da treiben, sie haben aus der sicheren Entfernung neugierig hergeäugt, was wir wohl mit unserem Gefangenen anstellen würden.

Der Knirps ist schnell zutraulich geworden, wie wir ihn mit Schokolade gefüttert haben. Auch die anderen haben wieder Schneid gekriegt, und bald sind wir von Kindern umringt gewesen. Sie haben miteinander gewispert und getuschelt und immer wieder eines nach vorn gestoßen, daß es den Wortführer machen soll. Und das eine hat gefragt, woher wir kämen, und das andere, ob das wahr ist, daß man mit solchen Brettern, wie wir sie mitgebracht haben, auf den Berg steigen und wieder herunterrutschen kann? Und ein drittes hat ganz keck wissen wollen, ob das stimmt, daß in der Stadt die Häuser so groß sind wie die Berge und die Berge so klein wie die Häuser?

Wir haben ihnen Rede und Antwort gestanden, so gut es gegangen ist, und dann haben auch wir die Kinder ausgefragt, ob das Christkind heut abend kommt und was es wohl Schönes bringt. Aber da haben sie nur verlegen gelacht, und das eine hat gesagt, sie hätten ihr Sach schon vom Nikolo gekriegt, und ein andres hat eifrig berichtet, daß er ihnen Äpfel und Kletzen in die Schuhe gesteckt hat, und wieder eins hat uns eine goldne Nuß gezeigt, die es im Bett gefunden hat. Und ein ganz geschnappiges Dirndl hat uns erzählt, die Mutter hätte gesagt, daß das Christkindl nur dort hinflöge, wo ein Baum stünde, und einen Baum hätte nur der Wirt. Wir haben also die Wahrheit aus erster Quelle erfahren, daß tief in den Bergen, wo alles erst später hinkommt, das Gute wie das Schlechte, der Christbaum bis in die jüngste Zeit noch nicht Brauch gewesen ist.

Wir fragen die Kinder, ob sie ein Weihnachtslied singen können, aber sie kichern bloß; wir helfen ihnen drauf; ob sie in der Schule oder daheim nicht was gelernt haben vom Stall in Bethlehem und vom Stern, von den Hirten oder von den Heiligen Drei Königen. Sie winden sich geschämig, und eines versteckt sich hinterm andern. Und schließlich sagt die Gschnappige: Ja, singen könnten sie schon.

Also, sagen wir, dann singen wir am Abend, und wer mittun mag, darf nach dem Gebetläuten in die Wirtsstube kommen, und vielleicht bringt doch das Christkindl noch was, wenn sie alle schön brav sind. Die Kinder geben keine Antwort, sie drucksen an einem verlegenen Lachen herum und verschwinden in den Häusern. Es ist inzwischen völlig Nacht geworden, die Sterne sind aufgegangen, kalt, hoch und klar ist der Himmel gestanden nach all den wolkigen Tagen. Im ganzen Dorf ist kein Laut zu hören gewesen, und wenn nicht da und dort ein winziges Versteck geleuchtet hätte, wären wir ganz aus der Menschenwelt gewesen, mitten in dem ungeheuren Schweigen der starrenden Berge. Wir haben uns dann in die Wirtsstube gesetzt, haben gegessen und getrunken, wie man so nur im alten Österreich essen und trinken kann, heiß von der Pfanne und kühl aus dem Keller, wir haben gescherzt darüber, daß wir jetzt doch einmal Weihnachten am vierundzwanzigsten feiern, wie es sich gehört. Und der Wirt ist bei uns gesessen, ein verständiger alter Mann, wir sind ins Reden gekommen und haben eigentlich nicht mehr daran gedacht, daß die Kinder wirklich noch erscheinen würden. Aber auf einmal ist die Tür aufgegangen, und die Kinder sind hereinspaziert, sechse, sieben oder acht, im Gänsemarsch, voran der Knirps, den wir am Nachmittag gefangen haben. »Jetzt samma da!« sagte er und pflanzt sich erwartungsvoll vor uns auf ...

Der Glaube von Kindern ist unbestechlich, und es ist eine üble Sache, ihnen nicht zu halten, was man versprochen hat. Die Verlegenheit ist an uns gewesen, wir haben uns da selber, wie mein ältester Bruder lachend gemeint hat, eine rechte Bescherung eingebrockt, denn es ist gar nicht so leicht, mit einem halben Dutzend Bauernkinder was anzufangen, für Zwanzigjährige gar. Sie sind, Mädel und Buben, stumm auf der Bank gesessen und haben uns angeschaut wie die Schwalben. Es ist aber dann doch alles besser gegangen, als wir gedacht haben. Wir haben alle Süßigkeiten geholt, die wir dabei gehabt haben, ein Päckchen Kakao ist auch dabei gewesen. Milch hat's genug gegeben; und vor den dampfenden Tassen sind die Kinder immer munterer geworden. Wir haben ihnen Geschichten vom Christkind erzählt, so gut wir es gewußt haben – und haben, beschämt genug, gemerkt, wie arm der Verstand der Verständigen vor einem Kindergemüt doch ist. Aber dann haben wir ein paar bewährte, unfehlbare Zauberstücklein zum besten gegeben, die auf den Handrücken gelegte und heimlich in die Haut geklemmte Zündholzschachtel, die geisterhaft auf- und niedersteigt, das Geheimnis mit dem ausgerissenen und wieder anwachsenden Daumen, das jeder erfahrene Onkel kennt, und die mit zahnlosen Kiefern Brot mulfernde alte Frau, dargestellt durch die bloße Hand, der ein umgebundenes Taschentuch und ein mit einem verkohlten Hölzchen aufgemaltes Auge in der Tat ein beängstigendes Aussehen verleiht.

Immer mutiger sind die Kinder geworden, immer gesprächiger, immer seliger. Sie haben fest geglaubt, daß wir echte Zauberer sind, und wir haben uns durch ihre Begeisterung zu immer verwegeneren Künsten verleiten lassen, bis wir selber gespürt haben, daß es hohe Zeit ist, wieder in die Frömmigkeit des Weihnachtsabends umzustimmen. Von unseren Spielen verlockt, sind auch ein paar Knechte und Mägde aus dem Haus in die Stube gekommen, der Wirt selbst ist ja ein einschichtiger Mann gewesen, ohne Frau und Kinder. Er hat drüben den Baum angezündet, wir sind hinübergegangen, ich habe meine Querpfeife mitgebracht, und mein Bruder hat die verstaubte Gitarre gestimmt. Mit dem Singen freilich ist es zuerst nicht viel gewesen, weil die Kinder herkömmliche Lieder nicht gekonnt haben; aber in dem Lichterschein ist es dann doch ein inniges Musizieren geworden, und zum Schluß haben sich gar der Wirt und die Köchin als Sänger alter Tiroler Weisen gezeigt, so daß jetzt wir Städter die Beschenkten gewesen sind. Sie haben vom König David gesungen und seiner Weissagung, vom bösen Herodes und von den Hirten auf dem Feld, vom Kaspar, Melchior und Balthasar, ich hab mir nur ein paar Bruchstücke merken können, vom frohen Getümmel, Schalmeien vom Himmel und daß die Hirten schon gemeint haben, ganz Bethlehem brennt, so stark ist der Schein gewesen und der Braus in der Heiligen Nacht. Die Lieder sind hundert Jahre alt gewesen und älter, von Mund zu Mund sind sie gegangen, und wie sie jetzt erklungen sind von den zwei alten, brüchigen Stimmen, aber herzhaft und ohne Fehl, vor den Kindern und Kerzen in der großen Bergstille, das ist schön gewesen, und ich schäme mich nicht zu sagen, rührselig, denn das ist ein gutes Wort, und erst wir haben es zu einem schlechten gemacht.

So pünktlich, wie er sie gebracht hat, hat unser Knirps seine Schar wieder fortgeführt. Jeder hat jedem Kind die Hand gegeben, sie sind, wieder im Gänsemarsch, hinausgetrippelt, ohne Dank und fast ohne Gruß, aber mit einem unvergeßlichen Leuchten in den Augen.

Der Seppei, sagt der Wirt, wie sie gegangen sind, wär ein armes Bürscherl, die Lahn hätte ihm vor drei Jahren den Vater verschüttet. Das ganze Häusl, sagt er, hätte der Schnee begraben, drei, vier Meter hoch wäre die Grundlawine gewesen. Die Mutter wäre mit dem Buben grade im Geißenstall gewesen, und den hätte der Schnee aufgehoben und auf den Rücken genommen und ganz sanft an die zwanzig Meter ins Tal hinausgetragen.

Wir sind in die Gaststube zurück und haben uns noch eine Weile über den Schnee unterhalten, der Wirt, nur noch flüchtig am Tisch stehend, hat uns erzählt, wie schier Jahr um Jahr die Lawinen sich ihre Opfer holen, die kleinen Holzhäuser und die Ställe überrennend,

Fuhrleute mit Roß und Wagen in die Tobel reißend, im Auswärts gar, wenn die Berge in Aufruhr kommen und die schweren Schlaglawinen niederbrechen und sich rauschend und polternd bis in die Gassen des Dorfes wälzen.

Ein Wort hat das andere gegeben, wir haben auch noch allerhand Erlebnisse berichtet, von Schneebrettern und Eisbrüchen, lauter Dingen, die scheußlich zu erleben sind, aber gut zu erzählen, wenn man noch einmal davongekommen ist. Und zum Schluß haben wir den Wirt, der nur mit halbem Ohr zugehört hat, gefragt, ob er, seiner Erfahrung nach, auch jetzt im Frühwinter eine Lawine für möglich halte. Der Wirt schüttelt den Kopf und sagt: Ausgeschlossen! Und: ausgeschlossen nicht, sagt er gleich darauf, gar nicht ausgeschlossen, im Gegenteil, wahrscheinlich sogar bei dem vielen lockeren Schneee und der Kälte obendrein. Bis ins Dorf hinein wird wohl keine kommen. Aber, sagt er und rundet das Gespräch mit einem Scherz ab, bei Weibern und anderen Naturgewalten weiß man nie, was sie vorhaben. Und, eine gute Nacht wünschend, fragt er mehr beiläufig, ob die Herren vielleicht mit in die Christmette gehen möchten, nach Kaltenbrunn. Um halb elf Uhr würde aufgebrochen, denn eine Stunde Wegs müßte man bei dem Schnee rechnen. Ein Winterabend ist lang, wenn man sich um fünf Uhr schon an den Tisch setzt; und so ist es jetzt auf neun gegangen. Ich bin, wie das oft so geht, auf einmal bleiern müde gewesen. Meine Brüder haben nach kurzem Zögern zugesagt, sie haben die anderthalb Stunden noch aufbleiben wollen, und wie ich mich nun angeschickt habe hinaufzugehen, um mich schlafen zu legen, haben sie mich einen Schwächling gescholten und einen faden Kerl, der keinen Sinn für Poesie hat. Beinahe hätten sie mich noch umgestimmt. Ich habe einen seligen Augenblick lang das liebliche Bild wie im Traum vor mir aufsteigen sehen, die Mitternacht im Schnee, das honigsüße Kerzenlicht, den Orgelbraus des Gloria und die vielen Wanderer auf dem Wege, Bauern aus allen Weilern und Einöden, heute so fromm wie die Hirten vor zweitausend Jahren. Aber der Teufel muß mich geritten haben in der gleichen Sekunde, ich habe nein gesagt, und um meiner Ablehnung einen scherzhaften Ton zu geben, sage ich, daß ich heute daheim bleiben will für damals, wo sie mich vor die versperrte Kirchentür gesprengt haben. Und meinen Schutzengel, sag ich, will ich ihnen mitgeben, zum Schlafen brauch ich ihn nicht, und es ist dann einer mehr zum Hallelujasingen.

Vielleicht hätten meine Brüder gelacht, und das lästerliche Wort wäre so ohne Wirkung geblieben, wie es im Grunde gemeint war. Aber der Wirt hat einen roten Kopf gekriegt, er hat ein feindseliges Gesicht gemacht und hat nachdrücklich gesagt, daß der Herr seinen Schutzengel so leichtsinnig in Urlaub schicke, möchte ihn am Ende gereuen. Halten zu Gnaden, sagt er, aber so was höre er ungern. Und ist ohne Gruß hinausgegangen. Nun ist die Stimmung verdorben gewesen, und wie ich jetzt, als Säckelmeister, unwirsch die Kellnerin rufe, um zu zahlen, erhebt keiner Einspruch. Sie lassen mich gehen, ohne Vorwurf, aber auch ohne Trost; und daß ich dem alten Mann innerlich recht geben muß, daß ich selber nicht weiß, warum ich so dumm dahergeredet habe, ist bitter genug, um mir das Herz bis zum Rande zu füllen.

Ich bin droben noch eine Weile in der Finsternis am offenen Fenster gestanden und habe mit mir gehadert. Die stille, heilige Nacht hat über dem lautlosen Tal gefunkelt, ein Licht, das von den Sternen gekommen ist, hat die weißen Tafeln des beglänzten Schnees und die bläulichen Schatten der Dunkelheit mit einem wunderlichen Feuer umspielt, und ich habe, wie es in seltenen Augenblicken geschieht, durch die Landschaft hindurch weit in mein Leben und ins Wandern der Planeten gespäht, viele Gestalten, verhüllt und schwer zu deuten, haben mich mit Traumesgewalt sprachlos angeschaut, und der Himmel hat mir erlaubt, das törichte und vermessene Wort zu vergessen. Ich bin dann versucht gewesen, doch noch hinunterzugehen und zu sagen, daß ich mitkommen wollte in die Christmette. Aber ich habe den Mut zu dem ersten, schweren Schritt nicht gefunden, und das Gute ist ungetan geblieben, wie es oft ungetan bleibt im Leben.

Es ist gewesen, als wäre ein Sausen in den Sternen, aber es hat wohl nur der Schnee leise gebraust und gesotten, der die Luft ausgestoßen und sich gesetzt hat. Morgen würde ein strahlender Tag werden.

Ich habe das Fenster geschlossen und das Licht angedreht, ich habe mich ausgezogen und in eines der großen, wiegenden Betten gelegt. Und noch einmal hat es mich getrieben, wieder aufzustehen und mitzupilgern zur Mitternachtsmesse. Aber ich habe trotzig das Licht gelöscht. Zuletzt habe ich noch die Berge gesehen, steil und schwarzdrohend im Viereck des Fensters. Ich habe weinen wollen, nachträglich, wie ein gescholtenes Kind, aber da bin ich schon eingeschlafen.

Eiskalt rührt es mich an; traumtrunken haue ich um mich: Blödsinn! will ich lallen, aus tiefem Schlaf tauche ich rasend schnell empor. Die Brüder, denke ich, Schnee, rohe Bande! Und ehe ich wach bin, höre ich rumpelnden Lärm, das sind die Brüder nicht! Das Fenster klirrt, ein Stoß geht durch das Haus, ein Schwanken und Fallen, ein Knistern und Fauchen. Ein geisterhaft weißer Hauch schießt herein, kein Hauch mehr, ein knatterndes Vorhangtuch, Sturm. Die Fenster platzen auf. Sturm, denke ich, noch immer nicht wach, Schneesturm? Aber da peitscht es schon herein, wilde, weiße, wogende Flut:

Schnee – Schnee! Ins Zimmer, ins Bett, ins Hemd, ins Gesicht, in die Augen, in den Mund – ich schreie, ich fahre auf, ich wehre mich. Und jetzt erst, wo es wie mit nassen Handtüchern auf mich einschlägt, begreife ich: die Lawine! Im gleichen Augenblick ist es auch schon vorbei. Nur noch ein Seufzen geht durch das Zimmer, es ist, als schwände eine weiße, wehende Gestalt. Von drunten höre ich es dumpf poltern, und noch einmal hebt und ächzt das Haus. Dann ist es dunkel und still.

Ich bin jetzt ganz wach. Eine heiße Quelle von Angst schießt aus mir heraus. Ich habe das Gefühl, als ob bärenstarke Männer auf meiner Brust knieten und mich an Armen und Beinen hielten. Ich versuche, mich loszureißen, ich bekomme eine Hand frei, ich wische mir übers Gesicht, ich spucke den Schnee aus dem Mund. Ich bin völlig durchnäßt, ich schlottre vor Kälte und glühe zugleich vor Anstrengung, mich aus der Umklammerung dieser unbarmherzigen Fäuste zu befreien. Es gelingt, Glied um Glied, der linke Fuß ist wie in Gips eingeschlossen, ich zerre ihn mit beiden Händen heraus, des Schmerzes nicht achtend. Ich krieche aus dem Bett, ich tappe im Finstern mit bloßen Füßen. Ich taste die Gegenstände ab mit unbeholfenen, erstarrenden Händen, aber die Unordnung verwirrt mich noch mehr, ich kenne mich überhaupt nicht mehr aus; es ist für einen Schlaftrunkenen in einem vertrauten Raum schon schwer, Richtung zu halten, aber hier erst, zwischen umgestürzten Stühlen und queren Tischen, eingemauert im Eis, mit nackten Füßen im zerworfenen, glasharten Schnee! Natürlich habe ich den Lichtschalter gesucht, aber es ist eine sinnlose Sucherei, ich werde immer kopfloser.

Ich nehme mich plötzlich zusammen, ich sage laut vor mich hin: Nur Ruhe! Und jetzt finde ich den Lichtschalter wirklich. Ich drehe ihn mit klammen Fingern, aber es ist vergebens. Es bleibt stockdunkel. Ich kämpfe meine Erregung nieder. Ich werde doch zum Teufel eine Zündholzschachtel auftreiben. In der Rocktasche ist eine, im Rucksack. Ich wandre also wieder im Zimmer herum, meine Füße schmerzen mich, es ist nirgends ein trockenes Plätzchen zu ertasten. Aber auch nirgends die Spur von einem Kleidungsstück oder von einem der drei Rucksäcke.

Aber den Türgriff habe ich unvermutet in der Hand. Ich drücke ihn nieder, ich rucke und reiße. Oben geht wippend ein Spalt auf, aber unten weicht die Türe nicht einen Zoll. Ich fange an, scheußlich zu frieren, ich kann kaum noch stehen. Aber es ist wenigstens nicht mehr so undurchdringlich finster, die Augen gewöhnen sich an die Nacht, ich sehe gegen das matte Viereck des Fensters den graugeballten Schnee und die schwärzlichen Umrisse der durcheinandergeworfenen Möbel. Ich stolpere also gegen den blassen Schein, und schon fahre ich mit der ausgestreckten Hand in die Glasscherben. Ich blute. Ich heule aus Verzweiflung, so herumzulaufen wie ein blinder Maulwurf. Und mit einemmal wird mir klar, daß meine Lage weit ernster sein kann, als ich bedacht habe. Ich weiß ja nicht, wieviel Uhr es ist. Es kann elf Uhr sein, und die anderen sind ahnungslos auf dem Weg in die Mette. Oder es ist schon gegen Morgen – und die Lawine hat die Heimkehrenden in der Gaststube drunten überrascht, und sie sind schon tot, während ich hier oben auf ihre Hilfe warte?

Ich überlege, ob ich schreien soll. Es hat wohl keinen Sinn. Wenn die Lawine niemand wahrgenommen hat, dann hört auch keiner mein Rufen. Aber ich will doch nichts unversucht lassen. So wunderlich es klingen mag, ich muß erst eine drosselnde Beschämung überwinden, ehe ich mich richtig zu schreien getraue. Dann tut es freilich gut, die eigene Stimme zu hören. Ich rufe sechsmal, wie es die Vorschrift ist; dann schweige ich und horche ... Lautlose, schwarze Stille. Der Vers fällt mir ein und geht mir nicht aus dem Kopf: »Wie weit er auch die Stimme schickt, nichts Lebendes wird hier erblickt!« Das ganze Gedicht rast in wirbelnden Fetzen durch mein Hirn, ich ärgere mich über den Blödsinn, es nützt nichts: »So muß ich hier verlassen sterben.« Ich bin nahe am Weinen und lache zugleich, ich setze zu neuem Rufen an – da höre ich irgendwo aus dem Hause eine Uhr schlagen.

Nie habe ich so bang auf einen Uhrenschlag gelauscht: eins, zwei, drei – vier! Und dann voller und tiefer: eins – zwei ...

Und jetzt vernehme ich rufende Stimmen und sehe den huschenden Schein von Laternen draußen über den Schnee gehen. Meine Brüder haben mir später erzählt, daß ich immer wieder gebrüllt hätte: »Eine Lawine, eine Lawine!« – als ob sie es nicht selber gesehen hätten, was geschehen war.

Sie sind dann von rückwärts ins Haus gedrungen und haben die Tür eingeschlagen. Ich habe meinen älteren Bruder noch mit erschrockenem Gesicht auf mich zukommen gesehen, dann hat mich das Bewußtsein verlassen. Wie ich wieder aufgewacht bin, da bin ich auf den Kissen und Decken in der Stube des Wirts gelegen, und am Christbaum haben die Kerzen gebrannt. Das ist freilich nur so gewesen, weil das Licht nicht gegangen ist, aber für mich hat es doch eine tiefe und feierliche Bedeutung gehabt. Meine Brüder sind besorgt und doch lächelnd dagestanden, und jetzt ist auch der Wirt mit einem Krug heißen Weins gekommen, ich habe wortlos getrunken und bin gleich wieder eingeschlafen.

Am Vormittag bin ich dann überraschend munter gewesen, nur meine Füße haben mir wehgetan und die Hand, die ich mir mit den Glasscherben zerschnitten habe. Ich bin in allerhand drollige Kleidungsstücke gesteckt worden, und wir haben lachen müssen über meinen wunderlichen Aufzug. Meine eigenen Sachen sind noch im Schnee vergraben gewesen. Beim Frühstück, das zugleich unser Mittagessen war, denn es ist schon spät gewesen, ist es dann ans Erzählen gegangen. Ich habe zu meiner Überraschung gehört, daß zwischen dem Losbruch der Lawine und der Heimkehr meiner Brüder kaum mehr als eine Viertelstunde gelegen ist. Die Pilger haben, fast schon bei den ersten Häusern des Dorfes, einen wehenden Schein gesehen und später noch ein dumpfes Poltern gehört. Sie haben daraufhin wohl ihre Schritte beschleunigt, aber keiner, auch der Wirt nicht, hat sich denken können, daß die Lawine so stark gewesen ist, wie sich nachher gezeigt hat.

Nach dem Essen haben wir die Verwüstungen angeschaut, die die Staublawine angerichtet hat. Im Erdgeschoß sind die Räume gemauert voll Schnee gestanden. Vom Gesinde, das hier schläft, wäre nicht einer lebend davongekommen. Sie sind aber alle in der Christmette gewesen. Im ersten Stock waren die Fenster eingedrückt, oft mitsamt den Fensterstöcken. In manche Zimmer hat man bloß von außen mit einer Leiter einsteigen können. Der Schnee, der leichte Schnee, der wie ein Geisterhauch hingeweht ist, jetzt ist er zu Eis gepreßt gewesen, der Luftdruck hat ihn mit Gewalt in alle Winkel geworfen.

Wir haben von dem geschwiegen, was uns zuinnerst bewegt hat. Wir haben sogar gescherzt, wie wir unsere Kleider und unsre Habseligkeiten aus dem Schnee gescharrt haben, soweit sie noch zu finden waren, oft genug an entlegenen Orten. Am Nachmittag sind wir talaus gewandert, der Wirt war in seinen Räumen beschränkt, ihm ist nur die leidlich erhaltene Rückfront seines Hauses geblieben.

Wie wir zu ihm getreten sind, um nach unserer Schuldigkeit zu fragen und um Abschied von ihm zu nehmen, hat er grad eine Scheibe in den Rahmen gekittet. Er hat angestrengt auf seine Arbeit geblickt, wohl nur, damit er mich nicht noch einmal hat anschauen müssen. Fürs Übernachten, sagte er mit brummigem Humor, könnte er billigerweise nicht was verlangen, denn übernachtet hätten wir ja wohl nicht. Aber wenn einer der Herren einen Stutzen Geld übrig hätte, könnte er gern was in den Opferstock von Kaltenbrunn legen, zum Dank, daß der Herrgott in der Christnacht so viele Engel unterwegs gehabt hätte: Ein gewöhnlicher Schutzengel hätte vielleicht nicht genügt diesmal.

Er ist weggegangen, ehe wir ihm die Hand geben konnten. Am Abend sind wir in Kaltenbrunn gewesen und haben uns für die Nacht einquartiert. Die Kirche ist hoch über dem Dorf gestanden, kaum hat sich die weiße Wand vom weißen Schnee abgehoben in der Finsternis. Aber die Glocken haben gerade den Feierabend eingeläutet. Ich bin die hundert Stufen hinaufgestiegen und habe den Mesner gesucht: Aber er ist nirgends zu finden gewesen, die Glocken waren still.

Da bin ich wieder wie damals vor Jahren an der verschlossenen Kirchentür gestanden; freilich nicht einen Tag zu früh, sondern einen Tag zu spät. Und doch inbrünstig diesmal vor Gnade, daß ich so habe stehen dürfen und daß es nicht zu spät gewesen ist für immer.

Das geheimnisvolle Weiblein
Eine Legende

Es war einmal ein armer Mann. Der lebte mit seiner Frau und seinen sieben Kindern in Brandholz im Fichtelgebirge. Mathies hieß dieser Mann. Er war Kohlenbrenner und verdiente mit seiner Arbeit so wenig Geld, daß seine Kinder kaum etwas zu essen hatten. Sie lebten alle zusammen in einer baufälligen Hütte. Aber wenn es ihnen auch schlecht ging, so waren sie doch nicht böse. Kaum jemals fiel in der Hütte ein hartes Wort. Dagegen hörte man viel Lachen und Singen. Die Elten waren gut zu ihren Kindern, die Kinder halfen den Eltern, wo sie konnten, und waren freundlich zueinander.

So freuten sie sich auch alle auf Weihnachten, obwohl jedes der Kinder wußte, daß es kaum etwas zu erwarten hatte. Der Vater hatte mitten im Zimmer einen kleinen Baum aufgestellt, den die Mutter mit ein paar hübschen roten Äpfeln und kleinen, in Mehl getauchten Kartoffeln behängt hatte. Drei kleine Kerzen leuchteten auf den Ästen, und dazwischen hingen bunte Sterne, die die Kinder aus Papierresten ausgeschnitten und zusammengeklebt hatten.

Draußen stürmte und schneite es, und durch die Ritzen der Hütte pfiff der Wind. Die Kinder aber kuschelten sich eng aneinander und sangen alle Weihnachtslieder, die sie kannten. Jedes der Kinder hatte einen Teller voll Dörrpflaumen und einen süßen Pfannkuchen zum Geschenk bekommen. Gerade fingen sie an, ihre Pflaumen aufzuknabbern, als es plötzlich an die Tür pochte. Die Eltern erschraken. Wer mochte das zu so später Stunde am Heiligen Abend sein? Aber bei dem Wetter wollten sie niemand draußen lassen, und so öffnete der Vater die Tür. Ein altes Weiblein schlurfte herein und krächzte, sie sei am Verhungern und Erfrieren. Schnell rückte man ihr einen Hocker an den prasselnden Kamin. Die Mutter gab dem Weiblein ihr warmes Schultertuch, und jedes der Kinder schnitt ein großes Stück von seinem Pfannkuchen ab und legte ihn auf einen Teller. Johanna, die älteste, brachte ihn dem Weiblein. Die alte Frau aß mit Heißhunger, und als ihr wärmer wurde, fing sie an, den Kindern Geschichten zu erzählen. Auch die Eltern hörten gern zu. Dann sangen sie wieder alle gemeinsam. Der Vater las aus der Bibel das Weihnachtsevangelium vor, und es wurde ein wunderschöner Abend.

Schließlich, als es auf Mitternacht zuging, sagte das alte Weiblein, es müsse jetzt heim. Zum Dank für die ihm erwiesene Freundlichkeit und Güte aber wolle es sich erkenntlich zeigen. Es langte tief in seine Rocktaschen und zog ein paar Dutzend Tannenzapfen hervor. Die hängte es an den Christbaum. Schließlich verabschiedete sich das Weiblein von allen und schlurfte hinaus in die Nacht.

Gleich wollten die Kinder ihren neuen Baumschmuck näher besehen. Wie groß war da das Erstaunen und Entzücken! Die Zapfen waren teils aus Marzipan, teils aus reinem Gold.

Die goldenen Tannenzapfen konnte der Vater bald darauf verkaufen. Er erhielt so viel Geld dafür, daß alle Not ein Ende hatte. Die Kinder aber suchten überall nach dem geheimnisvollen Weiblein, um sich bei ihm zu bedanken. Aber dieses war und blieb verschwunden. Man soll niemals mehr etwas von ihm gehört haben.

Klara Hohrath

Das letzte Weihnachtslicht

Die kleine Agnes war allein im Weihnachtszimmer zurückgeblieben, denn die großen Leute waren zum Essen ins Nebenzimmer gegangen. Sie hätte nun eigentlich von der Kinderfrau zu Bett gebracht werden müssen, aber sie hatte sich die Erlaubnis erbettelt, im Weihnachtszimmer bleiben zu dürfen, bis alle Lichtlein an dem Christbaum ausgebrannt wären.

So saß sie nun auf einem Schemel mitten im Zimmer, hielt die schöne, neue Puppe fest an sich gedrückt und blickte unverwandt auf die letzten Kerzchen im Christbaum, die da langsam, langsam herunterbrannten. Und jedesmal, wenn ein Lichtlein unruhig aufflackerte, um gleich darauf in seinem kleinen Blechgehäuse schwelend zu verglimmen, wurden die blauen Augen der kleinen Agnes traurig und füllten sich mit großen Tränen. Sie konnte es nicht begreifen, warum die armen kleinen Lichter, die den ganzen Abend so hell und lustig gebrannt hatten, nun sterben mußten.

Bald war es düster geworden zwischen den Zweigen der großen Weihnachtstanne, ordentlich gespenstisch glitzerte der matte Schimmer der goldenen Ketten und Kugeln aus der Dunkelheit heraus, und nur ein einziges Lichtlein hatte seine Geschwister überdauert. Es brannte still und klein auf der höchsten Spitze des Baumes.

Die kleine Agnes ließ kein Auge davon. Nun wurde es kleiner und kleiner, nun reckte es sich plötzlich hoch auf, schwankte unruhig hin und her – oh! nun würde es sterben wie all die anderen, das letzte Lichtlein!

Agnes war von ihrem Schemel aufgestanden, hatte die schöne neue Puppe achtlos zu Boden fallen lassen, streckte die kurzen Ärmchen nach dem letzten verglimmenden Lichtlein aus und begann so laut und bitterlich zu schluchzen, daß ein junger Herr aus dem Nebenzimmer, wo die Erwachsenen zu Tische saßen, zu ihr herüber kam. Dem schrie sie denn mit ihrem verzweifelten Stimmchen entgegen: »Jetzt muß es auch sterben! Onkel Georg, sieh doch, es ist schon beinahe tot!«

»Wer denn?« fragte der, und die schluchzende Kleine erklärte: »Da oben das letzte Lichtlein! Siehst du das nicht? Jetzt ist es ganz tot, man sieht es gar nicht mehr! Oh, Onkel Georg, warum macht der liebe Gott das arme Lichtchen tot, es hat sich doch so sehr angestrengt, schön zu leuchten!«

Der junge Onkel strich sich nachdenklich den großen blonden Schnurrbart.

»Na, weißt du, sterben tun solche Christbaumlichter nun eben nicht«, meinte er.

»Aber sie sind doch fort, sie brennen doch nicht mehr, wo sind sie denn, wenn sie nicht tot sind?« fragte Agnes und sah den klugen Onkel mit ihren großen, tränenfeuchten Augen erwartungsvoll an.

»Wo sie jetzt sind? Die kleinen Lichterseelen, meinst du wohl? Na ja, da draußen, weißt du, weit fort auf dem Moor, wo die grauen Weiden stehen und wo das viele Schilf wächst, dort sind sie. Da tanzen sie jetzt wie kleine lustige Kobolde hin und her.« So sagte der große Onkel und nickte dazu mit dem Kopf, und das war ein Zeichen, daß er die Wahrheit sprach. Trotzdem aber fragte die kleine Agnes noch: »Ist es auch wahr, Onkel Georg, ganz gewiß? Kann man die gestorbenen Lichtchen da wirklich tanzen sehen?«

»Freilich kann man sie sehen. Hast du noch nie von Irrlichtern gehört? So heißt man die abgeschiedenen Lichter, weißt du.«

»Dann tanzen also unsere Christbaumlichter jetzt da draußen, Onkel Georg, auch das kleine, das so lange gebrannt hat und gerade eben erst gestorben ist?«

»Freilich«, sagte der und streichelte das blonde Köpfchen seiner kleinen Nichte, »das tanzt schon mit den anderen übers Moor, und von allen Seiten kommen neue Irrlichter angehüpft, daß es lustig anzusehen ist. All die vielen ausgebrannten Weihnachtskerzen treffen sich da, nun denk einmal nach, was das für einen Menschenauflauf, ich wollte sagen Lichterauflauf, geben muß draußen auf dem Moor! Und was für ein Gefunkel und Gekicher und Geflüster! Denn da geht es zu wie bei einer Mädchenvisite: Ein jedes will erzählen, was es alles gesehen und erlebt hat. Und daß solche Weihnachtslichter viel zu erzählen haben, kannst du dir selbst denken. Von unartigen Kindern werden sie auch wohl manches Stückchen zu erzählen wissen!«

Wie der Onkel das sagte, blickte ihn die kleine Agnes scheu von der Seite an mit ein paar erschrockenen, fragenden Augen. Der aber lachte und sagte: »Nein, du gehörst diesmal nicht zu den unartigen Kindern, von denen die Irrlichter erzählen. Aber von weichherzigen Mädchenherzen, die unter dem Christbaum geschlagen haben, mögen die Irrlichter auch erzählen, und da wird wohl deine Geschichte mit unterlaufen.«

So sagte der große Onkel und drehte wieder seinen langen, spitzen Schnurbart und lächelte ein wenig dazu. Und die kleine Agnes lächelte auch, weil sie so glücklich war, daß die lieben Weihnachtslichter nun doch nicht richtig gestorben waren, sondern draußen auf dem Moor herumtanzten.

Aber da kam die Kinderfrau, um sie zu Bett zu bringen.

»Gib acht, heute nacht träumst du von tanzenden Irrlichtern!« rief ihr der lustige Onkel noch nach. Und so ließ sie sich denn geduldig auskleiden und freute sich schon auf den Augenblick, wo sie still und allein in ihrem Bettchen liegen und von den Irrlichtern träumen werde.

Sie lag denn auch noch nicht lange allein, da verwandelte sich schon ihr weißes Federbett in eine große, grüne Wiese. Und über die grüne Wiese kamen kleine Flammen gehüpft, und wie die kleine Agnes recht scharf hinsah, erkannte sie in einem der Flämmchen das Lichtlein aus der Spitze des Weihnachtsbaums, das so lange, lange gebrannt hatte. »Siehst du, nun hast du doch nicht sterben müssen, liebes Weihnachtslicht, so was tut der liebe Gott doch nicht! Nein, nicht wahr, so was tut er nicht! Nun darfst du noch lustig weiterleben!« So sprach die kleine Agnes zum Irrlicht, und das nickte zusagend zu ihren Worten, gerade wie Onkel Georg auch nickte, wenn er etwas Wahres sagte.

Aber das war nur ein Traum von der kleinen Agnes, denn in Wirklichkeit ist ein Federbett keine Wiese, über die Irrlichter tanzen, und in Wirklichkeit können Irrlichter auch nicht so verständig nicken wie der große Onkel Georg. Aber ein hübscher Traum war es wirklich!

Johannes Linke

Die Christmette

Ganz oben am Waldrande erschien das erste Licht. Es entschwebte dem Tor der Schellhornhütte, blieb einen Augenblick unbewegt stehen wie ein Stern und schwankte dann langsam hangab. Wie es ein Weilchen auf dem Wege war, tauchte ein neues Licht drüben bei der Waldwärterhütte aus der Dunkelheit, und dann erklomm eines ganz unten, wo der Bach die Schwelle füllt, einen Atemzug später schimmerte eins an der letzten Spitze der Rodung gegen das Moosegger Tal zu, aus dem Zöllnerhaus flog ein Licht, heller als die andern, und dann sandte jede der übrigen Hütten ihr Lichtlein aus, so daß auf dem weiten, verschneiten Hange der Rodung eine Sternenwanderschaft anging wie in einer milden Sonnwendnacht, wenn die Johanniswürmchen aus dem Walde schweben.

Mitunter erlosch eines einen Augenblick, wenn es durch eine Hohlgasse zwischen zwei Steinmauern, hinter einer Schneewehe oder an einem Eisbuckel vorbeigetragen ward, dann aber schimmerte es um so heller auf und breitete wie die andern einen rötlichen Schein auf den Schnee. Langsam kamen sie aufeinander zu, denn es war ein beschwerliches Gehen in dieser Nacht bei dem frischen, tiefen Schnee und den kaum getretenen Steigen, aber sie fanden sich allmählich immer näher, und der Umkreis, den sie durchwanderten, ward enger und enger, dann blieb eines stehen, ein zweites, ein drittes gesellte sich ihm, und schließlich standen sie alle bis auf wenige Nachzügler beisammen auf dem aufgemauerten Vorplatze der Kapelle, aus deren kleinen, spitzgebogten Fenstern nun auch der rötlich warme Kerzenschein drang.

Die Bärnhüttener begrüßten einander, die Kinder wisperten zusammen und erzählten sich zum allerletzten Male, was sie sich beim Christkindel bestellt hätten, die Weiber begannen ein halblautes Gespräch und kuschelten sich fröstelnd in ihre mantelgroßen, wollenen Tücher, und die Männer füllten sich ihre Tabakspfeifen noch einmal frisch auf, auch auf die Gefahr hin, daß sie sie halbausgeraucht leerklopfen und ablöschen müßten.

Es war für die Bärnhüttener immer etwas ganz Besonderes, wenn sie vor ihrem eigenen Gotteshäuslein beisammenstehen konnten, denn es geschah ja nur selten, daß sie den Gottesdienst daheim im Dorfe feierten. Sie waren nach Mooseeg eingepfarrt, und bis dahin hatten sie bei gutem Wege immerhin eine runde Stunde zu laufen. Das waren sie gewohnt, bei rechtschaffenem Wetter gingen sie diesen Weg auch gern an jedem Sonn- und Feiertag, aber um so dankbarer waren sie, daß alljährlich in der Heiligen Nacht der alte ausgediente Pfarrer Brugger zur Christmette zu ihnen auf den Berg heraufkam. Das tat der nur aus freien Stücken, seit ein junger Geistlicher sein Amt in Moosegg versah.

Die Weiber, die sich die Füße warmtraten, rechneten gerade aus, wie alt der hochwürdige Herr nun schon sei, und sie kamen dabei in die achtziger Jahre hinein. Der Schullehrer, der die Noten auf dem Harmonium zurechtgestellt hatte, trat aus dem Kirchlein heraus und fragte, indem er auf seine Uhr schaute, ob denn der Pfarrer noch immer nicht zu sehen sei, und der Kirscheneder-Franz, der hier die seltenen Mesnerdienste versah, fing, nachdem er noch etliche Buchenkloben in den Eisenofen geworfen hatte, mit aller Macht an, das winzige Glöcklein zu läuten, denn die Glockenrufe, die traumfern und feierlich aus den Tälern zu ihnen heraufgetönt hatten, waren schon seit einer Weile verstummt. Als die Frauen die Wärme spürten, die durch die halbgeöffnete Tür zu ihnen herausstrich, und als sie das Knistern und Knacken der Scheiter im Ofen hörten, klopften sie sich den Schnee von den Füßen und gingen in die Kapelle, um sich ein wenig aufzuwärmen und noch vor Mettenbeginn ein stilles Gebet zu tun. Auch von den älteren Männern trat einer nach dem andern, wenn er seine Pfeife ausgeraucht hatte, in das Kirchlein ein, wo die Schulkinder schon lange in den beiden vordersten Reihen saßen und die weihnachtlichen Lieder vor sich hinsummten, die sie seit Wochen für diese Mitternachtsstunde geübt hatten. Nur die Burschen und die jungen Männer, denen ein langes Stillsitzen schwerfiel und denen die Kälte nichts ausmachte, blieben draußen stehen und warteten. Allmählich wurden sie unruhig und fragten sich, was das lange Ausbleiben des geistlichen Herrn wohl zu bedeuten habe. Immer öfter und immer schärfer spähten sie den Talweg hinab, ob denn nicht das Laternenlicht des uralten Pfarrers aus dem Walde hervorschimmere, aber da unten blieb alles dunkel. Da kam auch der alte Geiger, dessen Vorfahren vor fünfhundert Jahren hier oben den ersten Fleck Land urbar gemacht hatten, wieder aus der Kapelle und sagte, sie dürften jetzt keinen Augenblick mehr zögern, sondern müßten alsbald auf die Suche gehen, ob etwa dem gebrechlichen Pfarrer auf dem Wege etwas zugestoßen sei; wenn er gar nicht von daheim fortgegangen wäre, dann hätte er ihnen gewiß Bescheid getan. Die Burschen nickten und machten sich sogleich auf den Weg; sie waren froh, daß ihnen jetzt einer den Auftrag gestellt hatte, nach dem sie schon seit einer Weile verlangten, ohne es recht zu wissen. Der Geiger ging mit ihnen, und während die Kinder, Weiber und Alten ratlos als verlassene Schar in der Kapelle sitzen blieben, zog der Laternenschwarm talabwärts. Von den andern hatte schon mancher erwogen, ob es nicht das Beste sei, wieder heimzugehen, aber jetzt, wie sie sich zuflüsterten, daß die jungen Leute nach dem alten Pfarrer suchten, dachte keiner mehr daran. Nun wollten sie abwarten, was die Sucher für Nachricht brächten, und wenn es auch stundenlang dauern sollte. Es war ein Schauer in ihnen, halb schreckhaft, halb wohlig, der sie hier zusammenhielt. Ab und zu schlich einer in die eisige Winternacht hinaus, um den Männern mit ihren Laternen nachzulugen.

Sie brauchten aber gar nicht lange zu warten. Wie der Mesner wieder gespannt hinabschaute und sich ein Schnüpfel Tabak aufklopfte, sah er, daß die Lichtlein seiner Nachbarn aus dem Walde herausschwebten und langsam auf dem Wege näherkamen. Er teilte es den Wartenden mit, und während etliche Männer an seiner Statt hinaustraten und dem Zuge der Lichter entgegenspähten, begann der Kirscheneder wieder die Glocken zu ziehen, daß ihr eintöniges Geläut weit über das verstreute Dorf zu den Bergen und Wäldern und Tälern hinüberdämmerte. In den Pfarrkirchen drunten im Land, wo die Mette eben zu Ende gegangen war, flügelte als Antwort das volle, klangreiche Glockengeläut herauf, und als die Laternenmänner auf Rufweite an die Kapelle herangekommen waren, setzte unten der verhaltene Lärm des Christkindelschießens ein. Unter dem fernen Getöse und dem einfältigen Glockengeklopfe zogen die Burschen mit ihren Laternen am nahen Hüterhaus vorbei, und der Hirschen-Georg rief ihnen entgegen: »Habt ihr den Herrn Pfarrer dabei?«

»Ja«, rief der alte Geiger zurück, »wir bringen ihn mit!« Da setzten sich die Späher eilig wieder auf ihren Platz, die Weiber nahmen die Kerzen aus den Laternen heraus, zündeten sie wieder an und pichten sie mit tropfendem Wachs vor sich auf ihre Bank, der Schullehrer begann auf dem Harmonium ein Vorspiel, während noch immer das Glöcklein über ihnen anschlug, und als die Kapellentür geöffnet ward, standen die Schulkinder mit einem Ruck auf und stimmten das uralte Lied an:

Nun sei uns willkommen, Herre Christ,
Der du unser aller Herre bist!
Sei uns willkommen, lieber Herre!
Da wir sind hier bedroht so sehre.
Kyrieleis!

Da kam ihr alter Gastpfarer zu ihnen herein zur Christmette, aber er schritt nicht zwischen ihnen hindurch vor zum Altar, sondern er lag auf einem Geflecht von Tannenästen und ward von denen, die ihm entgegengegangen waren, durch die schmale Gasse zwischen den Bänken hin auf die Stufe getragen und dort auf den immergrünen, noch halb vereisten Zweigen niedergelegt. Die Männer und Weiber, die in den Bänken gekniet hatten, waren aufgefahren und starrten atemlos nach den Trägern und ihrer Bürde. Die Kiefl-Veronika, die in der Hoffnung war, kreischte laut auf, auch von den Schulkindern begannen etliche zu schreien und zu weinen, und von den alten Leuten mußten manche ihr Augenwasser gewaltsam zurückdämmen. Die Männer, die ihn gebracht hatten, stellten ihre Stallaternen um den Toten, der unter dem bäurisch-schlichten Altarbilde lag, und knieten ihm zur Seite nieder wie die Hirten im Stalle zu Bethlehem. Der Lehrer aber, der seinen Dorfnachbarn über ihre Ratlosigkeit und Verwirrung hinweghelfen wollte, spielte wieder, ganz leise, auf dem Harmonium und winkte dann den Kindern, die mit schwerer, aber heller Stimme sangen:

Ach, daß es Gott walt,
Wie ist es so kalt!
Möcht einer erfrieren,
Sein Leben verlieren,
So kalt geht der Wind,
Leid ist mir ums Kind!

Die Bärnhüttener, die sich zu dieser erregenden Christmette versammelt hatten, waren stiller geworden, und nun, als der Kindergesang aufhörte, trat der alte Geiger, der seit einem Menschenalter bei jeder Leich vorbetete, an das Tannenlager des toten Pfarrers heran, von dem das Eis abzuschmelzen anfing, und erzählte seinen Nachbarn in feierlich singendem Tonfall die Geschichte der Christgeburt, wie sie sich vor vielen hundert Jahren im Stall und auf dem Felde zugetragen hatte. »Da sind die Hirten gegangen und haben unsern lieben Herrgott gesucht. Und heut ist unser alter Pfarrer auch wie die Hirten gegangen und hat zum Christkindel gewollt. Das hat er auch gefunden, im Wald draußen, grad um Mitternacht, in einer Schneegewahten, und da hat es ihn gleich mitgenommen in sein Himmelreich. Und wir haben auch zum Heiland gemögt, und wir haben auch suchen müssen, und dann haben wir unsern alten Pfarrer gefunden, den das Christkindel schon geholt hat. Ich glaube halt, wir brauchen ihn nicht zu beklagen, weil er jetzt schon im Himmel droben vor dem Krippel dient.

Unser Himmelsvater schenk uns allen ein solch seliges Sterben.«

Die Mettenleute hatten den Atem angehalten, wie ihr Ortsführer, statt die Totenlitanei vorzubeten, über den alten Pfarrer solch eine seltsame Predigt hielt, aber dann seufzten sie auf und nickten und hatten einen fast fröhlichen Glanz in den Augen, denn der Geiger-Joseph hatte wahr geredet. Zu den Totengebeten war morgen noch Zeit, und heute war Christnacht. Und während sie die Kerzen wieder in die Laternen steckten und sich zum Heimweg richteten, sangen die Schuldkinder mit ihren hellen und glänzenden Stimmen statt eines Leichengesanges ein letztes Weihnachtslied:

Groß, groß, groß,
Die Liebe ist übergroß.
Gott hat den Himmelsthron verlassen
Und will reisen unsre Straßen.

End, End, End,
An unserm letzten End,
Dieweil wir alle sterben müssen,
Tu uns's Himmelreich aufschließen.

Langsam, wie sie zueinander gefunden hatten, schwebten die Laternenlichter unter dem steten Geläut ihres winzigen Glöckleins wieder über die Steige der Rodung voneinander fort. Die Wolkenhülle, die seit dem großen Schneefall des letzten Vormittages noch bis um Mitternacht das Gebirg überdeckt hatte, war verschwunden, und nun brannten über den wenigen kleinen heimwandernden Erdensternen die hellen Himmelsgestirne in all ihrer Fülle und Klarheit über der stillen Heiligen Nacht.

Adalbert Stifter

Das sind Weihnachten

Die Nacht brach mit der in großen Höhen gewöhnlichen Schnelligkeit herein. Bald war es ringsherum finster, nur der Schnee fuhr fort, mit seinem bleichen Lichte zu leuchten. Der Schneefall hatte nicht nur aufgehört, sondern der Schleier an dem Himmel fing auch an, sich zu verdünnen und zu verteilen; denn die Kinder sahen ein Sternlein blitzen. Weil der Schnee wirklich gleichsam ein Licht von sich gab und weil von den Wolken kein Schleier mehr herabhing, so konnten die Kinder von ihrer Höhle aus die Schneehügel sehen, wie sie sich in Linien von dem dunkeln Himmel abschnitten. Weil es in der Höhle viel wärmer war, als an jedem anderen Platze im ganzen Tage gewesen war, so ruhten die Kinder enge aneinandersitzend und vergaßen sogar die Finsternis zu fürchten. Bald vermehrten sich auch die Sterne, jetzt kam hier einer zum Vorschein, jetzt dort, bis es schien, als wäre am ganzen Himmel keine Wolke mehr.

Das war der Zeitpunkt, in welchem man in den Tälern die Lichter anzuzünden pflegt. Zuerst wird eines angezündet und auf den Tisch gestellt, um die Stube zu erleuchten, oder es brennt auch nur ein Span, oder es brennt das Feuer auf der Leuchte, und es erhellen sich alle Fenster von bewohnten Stuben und glänzen in die Schneenacht hinaus – aber heute erst – am Heiligen

Abende –, da wurden viel mehrere angezündet, um die Gaben zu beleuchten, welche für die Kinder auf den Tischen lagen oder an den Bäumen hingen, es wurden wohl unzählige angezündet; denn beinahe in jedem Hause, in jeder Hütte, jedem Zimmer waren eines oder mehrere Kinder, denen der Heilige Christ etwas gebracht hatte und wozu man Lichter stellen mußte. Der Knabe hatte geglaubt, daß man sehr bald von dem Berge hinabkommen könne, und doch, von den vielen Lichtern, die heute in dem Tale brannten, kam nicht ein einziges zu ihnen herauf; sie sahen nichts als den blassen Schnee und den dunklen Himmel, alles andere war ihnen in die unsichtbare Ferne hinabgerückt. In allen Tälern bekamen die Kinder in dieser Stunde die Geschenke des Heiligen Christ: Nur die zwei saßen oben am Rande des Eises, und die vorzüglichsten Geschenke, die sie heute hätten bekommen sollen, lagen in versiegelten Päckchen in der Kalbfelltasche im Hintergrund der Höhle.

Die Schneewolken waren ringsum hinter die Berge hinabgesunken, und ein ganz dunkelblaues, fast schwarzes Gewölbe spannte sich um die Kinder voll von dichten brennenden Sternen, und mitten durch diese Sterne war ein schimmerndes breites, milchiges Band gewoben, das sie wohl auch unten im Tale, aber nie so deutlich gesehen hatten. Die Nacht rückte vor. Die Kinder wußten nicht, daß die Sterne gegen Westen rücken und weiter wandeln, sonst hätten sie an ihrem Vorschreiten den Stand der Nacht erkennen können; aber es kamen neue und gingen die alten, sie aber glaubten, es seien immer dieselben. Es wurde von dem Scheine der Sterne auch lichter um die Kinder; aber sie sahen kein Tal, keine Gegend, sondern überall nur Weiß – lauter Weiß. Bloß ein dunkles Horn, ein dunkles Haupt, ein dunkler Arm wurden sichtbar und ragte dort und hier aus dem Schimmer empor. Der

Mond war nirgends am Himmel zu erblicken, vielleicht war er schon frühe mit der Sonne untergegangen, oder er ist noch nicht erschienen.

Als eine lange Zeit verstrichen war, sagte der Knabe: »Sanna, du mußt nicht schlafen; denn weißt du, wie der Vater gesagt hat, wenn man im Gebirge schläft, muß man erfrieren, so wie der alte Eschenjäger auch geschlafen hat und vier Monate tot auf dem Stein gesessen ist, ohne daß jemand gewußt hat, wo er sei.«

»Nein, ich werde nicht schlafen«, sagte das Mädchen matt.

Konrad hatte es an dem Zipfel des Kleides geschüttelt, um es zu jenen Worten zu erwecken.

Nun war es wieder stille.

Nach einer Zeit empfand der Knabe ein sanftes Drükken gegen seinen Arm, das immer schwerer wurde. Sanna war eingeschlafen und war gegen ihn herübergesunken.

»Sanna, schlafe nicht, ich bitte dich, schlafe nicht«, sagte er.

»Nein«, lallte sie schlaftrunken, »ich schlafe nicht.«

Er rückte weiter von ihr, um sie in Bewegung zu bringen, allein sie sank um und hätte auf der Erde liegend fortgeschlafen. Er nahm sie an der Schulter und rüttelte sie. Da er sich dabei selber etwas stärker bewegte, merkte er, daß ihn friere und daß sein Arm schwerer sei. Er erschrak und sprang auf. Er ergriff die Schwester, schüttelte sie stärker und sagte: »Sanna, stehe ein wenig auf, wir wollen eine Zeit stehen, daß es besser wird.«

»Mich friert nicht, Konrad«, antwortete sie.

»Ja, ja, es friert dich, Sanna, stehe auf!« rief er.

»Die Pelzjacke ist warm«, sagte sie.

»Ich werde dir emporhelfen«, sagte er.

»Nein«, erwiderte sie und war stille.

Da fiel dem Knaben etwas anderes ein. Die Großmutter hatte gesagt: Nur ein Schlückchen wärmt den Magen so, daß es den Körper in den kältesten Wintertagen nicht frieren kann.

Er nahm das Kalbfellränzchen, öffnete es und griff so lange, bis er das Fläschchen fand, in welchem die Großmutter der Mutter einen schwarzen Kaffeeabsud schikken wollte. Er nahm das Fläschchen heraus, tat den Verband weg und öffnete mit Anstrengung den Kork. Dann bückte er sich zu Sanna und sagte: »Da ist der Kaffee, den die Großmutter der Mutter schickt, koste ein wenig, er wird dir warm machen. Die Mutter gibt ihn uns, wenn sie nur weiß, wozu wir ihn nötig gehabt haben.«

Das Mädchen, dessen Natur zur Ruhe zog, antwortete: »Mich friert nicht.«

»Nimm nur etwas«, sagte der Knabe, »dann darfst du schlafen.«

Diese Aussicht verlockte Sanna, sie bewältigte sich soweit, daß sie das fast eingegossene Getränk verschluckte. Hierauf trank der Knabe auch etwas.

Der ungemein starke Auszug wirkte sogleich, und zwar um so heftiger, da die Kinder in ihrem Leben keinen Kaffee gekostet hatten. Statt zu schlafen, wurde Sanna nun lebhafter und sagte selber, daß sie friere, daß es aber von innen recht warm sei und auch schon so in die Hände und Füße gehe. Die Kinder redeten sogar eine Weile miteinander.

So tranken sie trotz der Bitterkeit immer wieder von dem Getränke, sobald die Wirkung nachzulassen begann, und steigerten ihre unschuldigen Nerven zu einem Fieber, das imstande war, den zum Schlummer ziehenden Gewichten entgegenzuwirken.

Es war nun Mitternacht gekommen. Weil sie noch jung waren und an jedem Heiligen Abende in höchstem

Drange der Freude stets erst sehr spät entschlummerten, wenn sie nämlich der körperliche Drang übermannt hatte, so hatten sie nie das mitternächtliche Läuten der Glocken, nie die Orgel der Kirche gehört, wenn das Fest gefeiert wurde, obwohl sie nahe an der Kirche wohnten. In diesem Augenblicke der heutigen Nacht wurde nun mit allen Glocken geläutet, es läuteten die Glocken in Millsdorf, es läuteten die Glocken in Gschaid, und hinter dem Berge war noch ein Kirchlein mit drei hellen klingenden Glocken, die läuteten. In den fernen Ländern draußen waren unzählige Kirchen und Glocken, und mit allen wurde zu dieser Zeit geläutet, von Dorf zu Dorf ging die Tonwelle, ja, man konnte zuweilen von einem Dorfe zum andern durch die blätterlosen Zweige das Läuten hören: Nur zu den Kindern herauf kam kein Laut, hier wurde nichts vernommen; denn hier war nichts zu verkündigen. In den Talkrümmen gingen jetzt an den Berghängen die Lichter der Laternen hin, und von manchem Hofe tönte das Hausglöcklein, um die Leute zu erinnern; aber dieses konnte um so weniger herauf gesehen und gehört werden, es glänzten nur die Sterne, und sie leuchteten und funkelten ruhig fort.

Wenn auch Konrad sich das Schicksal des erfrorenen Eschenjägers vor Augen hielt, wenn auch die Kinder das Fläschchen mit dem schwarzen Kaffee fast ausgeleert hatten, wodurch sie ihr Blut zu größerer Tätigkeit brachten, aber gerade dadurch eine folgende Ermattung herbeizogen: So würden sie den Schlaf nicht haben überwinden können, dessen verführende Süßigkeit alle Gründe überwiegt, wenn nicht die Natur in ihrer Größe ihnen beigestanden wäre und in ihrem Innern eine Kraft aufgerufen hätte, welche imstande war, dem Schlafe zu widerstehen.

In der ungeheuren Stille, die herrschte, in der Stille, in

der sich kein Schneespitzchen zu rühren schien, hörten die Kinder dreimal das Krachen des Eises. Was das Starrste scheint und doch das Regsamste und Lebendigste ist, der Gletscher, hatte die Töne hervorgebracht. Dreimal hörten sie hinter sich den Schall, der entsetzlich war, als ob die Erde entzweigesprungen wäre, der sich nach allen Richtungen im Eise verbreitete und gleichsam durch alle Äderchen des Eises lief. Die Kinder blieben mit offenen Augen sitzen und schauten in die Sterne hinaus.

Auch für die Augen begann sich etwas zu entwickeln. Wie die Kinder so saßen, erblühte am Himmel vor ihnen ein bleiches Licht mitten unter den Sternen und spannte einen schwachen Bogen durch dieselben. Es hatte einen grünlichen Schimmer, der sich sachte nach unten zog. Aber der Bogen wurde immer heller und heller, bis sich die Sterne vor ihm zurückzogen und erblaßten. Auch in andere Gegenden des Himmels sandte er einen Schein, der schimmergrün sachte und lebendig unter die Sterne floß. Dann standen Garben verschiedenen Lichtes auf der Höhe des Bogens wie Zacken einer Krone und brannten. Es floß helle durch die benachbarten Himmelsgegenden, es sprühte leise und ging in sanftem Zukken durch lange Räume. Hatte sich nun der Gewitterstoff des Himmels durch den unerhörten Schneefall so gespannt, daß er in diesen stummen, herrlichen Strömen des Lichtes ausfloß, oder war es eine andere Ursache der unergründlichen Natur. Nach und nach wurde es schwächer und immer schwächer, die Garben erloschen zuerst, bis es allmählich und unmerklich immer geringer wurde und wieder nichts am Himmel war als die tausend und tausend einfachen Sterne.

Die Kinder sagten keines zu dem andern ein Wort, sie blieben fort und fort sitzen und schauten mit offenen Augen in den Himmel.

Es geschah nun nichts Besonderes mehr. Die Sterne glänzten, funkelten und zitterten, nur manche schießende Schnuppe fuhr durch sie.

Endlich, nachdem die Sterne lange allein geschienen hatten und nie ein Stückchen Mond an dem Himmel zu erblicken gewesen war, geschah etwas anderes. Es fing der Himmel an, heller zu werden, langsam heller, aber doch zu erkennen; es wurde seine Farbe sichtbar, die bleichsten Sterne erloschen, und die anderen standen nicht mehr so dicht. Endlich wichen auch die stärkeren. Der Schnee vor den Höhen wurde deutlicher sichtbar. Zuletzt färbte sich eine Himmelsgegend gelb, und ein Wolkenstreifen, der in derselben war, wurde zu einem leuchtenden Faden entzündet. Alle Dinge waren klar zu sehen, und die fernen Schneehügel zeichneten sich scharf in die Luft.

»Sanna, der Tag bricht an«, sagte der Knabe.

»Ja, Konrad«, antwortete das Mädchen.

»Wenn es nur noch ein bißchen heller wird, dann gehen wir aus der Höhle und laufen über den Berg hinunter.«

Es wurde heller, an dem ganzen Himmel war kein Stern mehr sichtbar, und alle Gegenstände standen in der Morgendämmerung da.

»Nun, jetzt gehen wir«, sagte der Knabe.

»Ja, wir gehen«, antwortete Sanna.

Die Kinder standen auf und versuchten ihre erst heute recht müden Glieder. Obwohl sie nicht geschlafen hatten, waren sie doch durch den Morgen gestärkt, wie das immer so ist. Der Knabe hing sich das Kalbfellränzchen um und machte das Pelzjäckchen an Sanna fester zu. Dann führte er sie aus der Höhle.

Weil sie nach ihrer Meinung nur über den Berg hinabzulaufen hatten, dachten sie an kein Essen und untersuchten das Ränzchen nicht, ob noch Weißbrot oder andere Eßwaren darinnen seien.

Von dem Berge wollte nun Konrad, weil der Himmel ganz heiter war, in die Täler hinabschauen, um das Gschaider Tal zu erkennen und in dasselbe hinunterzugehen. Aber er sah gar keine Täler. Es war nicht, als ob sie sich auf einem Berge befänden, von dem man hinabsieht, sondern in einer fremden, seltsamen Gegend, in der lauter unbekannte Gegenstände sind. Sie sahen heute auch in größerer Entfernung furchtbare Felsen aus dem Schnee emporstehen, die sie gestern nicht gesehen hatten, sie sahen das Eis, sie sahen Hügel und Schneelehnen emporstarren, und hinter diesen war entweder der Himmel, oder es ragte die blaue Spitze eines sehr fernen Berges am Schneerande hervor.

In diesem Augenblick ging die Sonne auf.

Eine riesengroße blutrote Scheibe erhob sich an dem Schneesaume in den Himmel, und in dem Augenblick errötete der Schnee um die Kinder, als wäre er mit Millionen Rosen überstreut worden.

Die Kuppen und die Hörner warfen sehr lange grünliche Schatten längs des Schnees.

»Sanna, wir werden jetzt da weiter vorwärts gehen, bis wir an den Rand des Berges kommen und hinuntersehen können«, sagte der Knabe.

Sie gingen nun in den Schnee hinaus. Er war in der heiteren Nacht noch trockener geworden und wich den Tritten noch besser aus. Sie wateten rüstig fort. Ihre Glieder wurden sogar geschmeidiger und stärker, da sie gingen. Allein sie kamen an keinen Rand und sahen nicht hinunter. Schneefeld entwickelte sich aus Schneefeld, und am Saume eines jeden stand alle Male wieder der Himmel.

Sie gingen desohngeachtet fort.

Da kamen sie wieder in das Eis. Sie wußten nicht, wie das Eis dahergekommen sei, aber unter den Füßen empfanden sie den glatten Boden, und waren gleich nicht die fürchterlichen Trümmer wie an jenem Rande, an dem sie die Nacht zugebracht hatten, so sahen sie doch, daß sie auf glattem Eise fortgingen, sie sahen hie und da Stücke, die immer mehr wurden, die sich näher an sie drängten und die sie wieder zu klettern zwangen.

Aber sie verfolgten doch ihre Richtung.

Sie kletterten neuerdings an Blöcken empor. Da standen sie wieder auf dem Eisfelde. Heute bei der hellen Sonne konnten sie erst erblicken, was es ist. Es war ungeheuer groß, und jenseits standen wieder schwarze Felsen empor, es ragte gleichsam Welle hinter Welle auf, das beschneite Eis war gedrängt, gequollen, emporgehoben, gleichsam als schöbe es sich nach vorwärts und flösse gegen die Brust der Kinder heran. In dem Weiß sahen sie unzählige vorwärtsgehende, geschlängelte, blaue Linien. Zwischen jenen Stellen, wo die Eiskörper gleichsam wie aneinandergeschmettert starrten, gingen auch Linien wie Wege, aber sie waren weiß und waren Streifen, wo sich fester Eisboden vorfand oder die Stücke doch nicht gar so sehr verschoben waren. In diese Pfade gingen die Kinder hinein, weil sie doch einen Teil des Eises überschreiten wollten, um an den Bergrand zu gelangen und endlich einmal hinunterzusehen. Sie sagten kein Wörtlein. Das Mädchen folgte dem Knaben. Aber es war auch heute wieder Eis, lauter Eis. Wo sie hinübergelangen wollten, wurde es gleichsam immer breiter und breiter. Da schlugen sie, ihre Richtung aufgebend, den Rückweg ein. Wo sie nicht gehen konnten, griffen sie sich durch die Mengen des Schnees hindurch, der oft dicht vor ihrem Auge wegbrach und den sehr blauen Streifen einer Eisspalte zeigte, wo doch früher alles weiß gewesen war;

aber sie kümmerten sich nicht darum, sie arbeiteten sich fort, bis sie wieder irgendwo aus dem Eise herauskamen.

»Sanna«, sagte der Knabe, »wir werden gar nicht mehr in das Eis hineingehen, weil wir in demselben nicht fortkommen. Und weil wir schon in unser Tal gar nicht hinabsehen können, so werden wir gerade über den Berg hinabgehen. Wir müssen in ein Tal kommen, dort werden wir den Leuten sagen, daß wir aus Gschaid sind, die werden uns einen Wegweiser nach Hause mitgeben.«

»Ja, Konrad«, sagte das Mädchen.

So begannen sie nun in dem Schnee nach jener Richtung abwärts zu gehen, welche sich ihnen eben darbot. Der Knabe führte das Mädchen an der Hand. Allein nachdem sie eine Weile abwärts gegangen waren, hörte in dieser Richtung das Gehänge auf, und der Schnee stieg wieder empor. Also änderten die Kinder die Richtung und gingen nach der Länge einer Mulde hinab. Aber da fanden sie wieder Eis. Sie stiegen also an der Seite der Mulde empor, um nach einer andern Richtung ein Abwärts zu suchen. Es führte sie eine Fläche hinab, allein die wurde nach und nach so steil, daß sie kaum noch einen Fuß einsetzen konnten und abwärts zu gleiten fürchteten. Sie kommen also wieder empor, um wieder einen andern Weg nach abwärts zu suchen. Nachdem sie lange im Schnee emporgeklommen und dann auf einem ebenen Rücken fortgelaufen waren, war es wie früher: Entweder ging der Schnee so steil ab, daß sie gestürzt wären; oder er stieg wieder hinan, daß sie auf den Berggipfel zu kommen fürchteten. Und so ging es immer fort.

Da wollten sie die Richtung suchen, in der sie gekommen waren, und zur roten Unglückssäule hinabgehen. Weil es nicht schneit und der Himmel so helle ist, so würden sie, dachte der Knabe, die Stelle schon erkennen, wo die Säule sein solle, und würden von dort nach Gschaid hinabgehen können. Der Knabe sagte diesen Gedanken dem Schwesterchen, und dieses folgte.

Allein auch der Weg auf den Hals hinab war nicht zu finden.

So klar die Sonne schien, so schön die Schneehöhen dastanden und die Schneefelder dalagen, so konnten sie doch die Gegenden nicht erkennen, durch die sie gestern heraufgegangen waren. Gestern war alles durch den fürchterlichen Schneefall verhängt gewesen, daß sie kaum einige Schritte von sich gesehen hatten, und da war alles ein einziges Weiß und Grau durcheinander gewesen. Nur die Felsen hatten sie gesehen, an denen und zwischen denen sie gegangen waren: Allein auch heute hatten sie bereits viele Felsen gesehen, die alle den nämlichen Anschein gehabt hatten wie die gestern gesehenen. Heute ließen sie frische Spuren in dem Schnee zurück; aber gestern sind alle Spuren von dem fallenden Schnee verdeckt worden. Auch aus dem bloßen Anblicke konnten sie nicht erraten, welche Gegend auf den Hals führe, da alle Gegenden gleich waren. Schnee, lauter Schnee. Sie gingen aber doch immerfort und meinten, es zu erringen. Sie wichen den steilen Abstürzen aus und kletterten keine steilen Anhöhen hinauf.

Auch heute blieben sie öfter stehen, um zu horchen; aber sie vernahmen auch heute nichts, nicht den geringsten Laut. Zu sehen war auch nichts als der Schnee, der helle weiße Schnee, aus dem hie und da die schwarzen Hörner und die schwarzen Steinrippen emporstanden.

Endlich war es dem Knaben, als sähe er auf einem fernen schiefen Schneefelde ein hüpfendes Feuer. Es tauchte auf, es tauchte nieder. Jetzt sahen sie es, jetzt sahen sie es nicht. Sie blieben stehen und blickten unverwandt auf jene Gegend hin. Das Feuer hüpfte immer fort, und es schien, als ob es näher käme; denn sie sahen es größer und sahen das Hüpfen deutlicher. Es verschwand nicht mehr so oft und nicht mehr auf so lange Zeit wie früher. Nach einer Weile vernahmen sie in der stillen blauen Luft schwach, sehr schwach etwas wie einen lange anhaltenden Ton aus einem Hirtenhorne. Wie aus Instinkt schrien beide Kinder laut. Nach einer Zeit hörten sie den Ton wieder. Sie schrien wieder und blieben dann auf der nämlichen Stelle stehen.

Das Feuer näherte sich auch. Der Ton wurde zum drittenmal vernommen, und dieses Mal deutlicher. Die Kinder antworteten wieder durch lautes Schreien. Nach einer geraumen Weile erkannten sie auch das Feuer. Es war kein Feuer, es war eine rote Fahne, die geschwungen wurde. Zugleich ertönte das Hirtenhorn näher, und die Kinder antworteten.

»Sanna«, rief der Knabe, »da kommen Leute aus Gschaid, ich kenne die Fahne, es ist die rote Fahne, welche der fremde Herr, der mit dem jungen Eschenjäger den Gars bestiegen hatte, auf dem Gipfel aufpflanzte, daß sie der Herr Pfarrer mit dem Fernrohre sähe, was als Zeichen gälte, daß sie oben seien, und welche Fahne damals der Fremde dem Herrn Pfarrer geschenkt hat. Du warst noch ein Kind.«

»Ja, Konrad.«

Nach einer Zeit sahen die Kinder auch die Menschen, die bei der Fahne waren, kleine schwarze Stellen, die sich zu bewegen schienen. Der Ruf des Hornes wiederholte sich von Zeit zu Zeit und kam immer näher. Die Kinder antworteten jedesmal.

Endlich sahen sie über den Schneeabhang gegen sich her mehrere Männer mit ihren Stöcken herabfahren, die die Fahne in ihrer Mitte hatten. Da sie näher kamen, erkannten sie dieselben. Es war der Hirt Philipp mit dem Horne, seine beiden Söhne, dann der junge Eschenjäger und mehrere Bewohner von Gschaid.

»Gebenedeit sei Gott«, schrie Philipp, »da seid ihr ja. Der ganze Berg ist voll Leute. Laufe doch einer gleich in die Sideralpe hinab und läute die Glocke, daß sie dort hören, daß wir sie gefunden haben, und einer muß auf den Krebsstein gehen und die Fahne dort aufpflanzen, daß sie dieselbe in dem Tale sehen und die Böller abschießen, damit die es wissen, die im Millsdorfer Walde suchen, und damit sie in Gschaid die Rauchfeuer anzünden, die in der Luft gesehen werden, und alle, die noch auf dem Berge sind, in die Sideralpe hinab bedeuten. Das sind Weihnachten!«

Sebastian Rieger

Vorweihnachten

Es ist in den langen, lichten Nächten. Die Sonne ist schon zeitig am Nachmittag schlafen gegangen, weil ihr zu kalt war. Fieberrot ist ihr letzter Schein auf den Bergkämmen verglüht. Und alsbald kroch aus den Klüften und Schlüften die graue Dämmerung. Allein bevor es noch richtig dunkel wurde, streckte schon der Vollmond seinen großen Kopf über die Windscheid und lachte mit seinem breiten Schmalzgesicht vergnügt zur Erde nieder. Aus der Erde steigt ein eiskalter, leichter Dunstnebel, spinnt über Feld und Au, spinnt um die Häuser und Türme, ist aber so duftig und dünn, daß man ihn kaum wahrnimmt. Nur wo die elektrischen Straßenlampen grelle Lichtkeile hereinwerfen, sieht man das zarte Gespinst, und es tanzen und wirbeln darin Millionen flimmernder Froststäubchen, zwischendurch an den Zäunen, den Bäumen, den Rainen glitzern ebenso viele Millionen winziger Eiskriställchen. Sie leuchten auf und verlöschen wie Johanniskäferchen und strahlen wieder und fiebern in brennendlichter Ungeduld, als ob sie auf etwas Herrliches warteten und es nicht mehr erwarten könnten. – Hinter dem flimmernden durchsichtigen Nebelschleier steht der nachtblaue Wald, und über dem Walde stehen so nahe und doch in märchenhafter Ferne himmelhoch die schneeweißen, strahlenden Berge. Ein wunderbarer zauberischer Glanz träumt auf ihren Kanten und Kämmen, als ob sie ihr Licht weiter von unbekannten, überirdischen Welten empfingen. Tief und ruhig schläft der alte Wald. Nur die Tannenbäumchen am Waldrand sind noch munter und spähen sehnsüchtig an dem mondflimmernden, schneeigen Rain hinab. Ein Häschen huscht unter ihnen durch. Da recken alle die Köpfe, und eines fragt ganz leise: »Ob sie heute noch kommen?«

»Sei still«, mault ein zweites; »*dich* mag überhaupt niemand. Bist viel zu ruppig und struppig zu einem Christbäumchen.«

Ein Eiszäpfchen knallt, dem sehnsuchtskranken Bäumchen ist eine Träne aus dem Auge gefallen. Das haben die Sterne gesehen, und gleich fliegt einer herunter, in großem Bogen über Himmel und Wald, und fliegt just dem weinenden Bäumchen auf die Achsel und flüstert ihm ins Ohr: »Gerade *du* wirst ein Christbäumlein!«

Weiter und weiter schreitet die Nacht. In Stadt und Dorf ist ein Lichtlein nach dem andern schlafen gegangen, und die hellen Fenster an den Häusern haben fast sämtlich ihre Augen geschlossen. Der Vollmond steht aber jetzt mitten über der Welt und gießt eine solche Flut seines märchenhaften grünen Lichtes auf die Erde hernieder, daß alle Schatten damit zugedeckt werden. Hinter den Bergen herauf steigen neue prangende Sternbilder: die »Sense«, der »Rechen«, die »Triangel«, das »Rad«. Sie funkeln wie Edelsteine und äugeln so lebhaft dem Monde zu, als ob sie im eifrigsten Gespräch mit ihm wären. Es ist zu weit fort, als daß man hören könnte, von was sie reden. Aber denken kann man sich's. Von was sollen sie denn reden als vom nahenden lieben Christfest?

Und weiter schreitet die Nacht, langsam wandelt sie dem Morgen zu. In aller Herrgottsfrüh aber, wenn das Dunkel noch keinen Rührer tut, wenn die Vöglein draußen im Wald ihre Köpflein noch tief zwischen den Beinen im warmen Gefieder drinnen stecken haben und wenn der Morgenstern noch lange hinter den Bergen schläft, da geht im Land schon ein mächtiges Singen und Klingen an. Die große Glocke ruft und ladet über Berg und Tal. Auf allen Bergen wird's lebendig, überall beginnen die Fensterscheiben zu leuchten, und schon kommen Lichter und Fackeln den Berg herunter, einzeln und in langen Reihen. Aus den hohen Kirchenfenstern scheint auch bereits helles Licht, und alles strömt der Kirche zu. Wie einst die Hirten von den Hügeln um Bethlehem ins Tal herniederstiegen, so ziehen auch da die Leute heran, das Herz voll Glauben und Liebe. Und drinnen in der Kirche ist alles übersät von Lichtern und Flämmchen. Da rauscht schon die Orgel in feierlichen Klängen, und es beginnt das Rorate oder »guldene Amt«. – Das gute christliche Volk kann die heilige Weihnacht kaum mehr erwarten, es feiert schon eine kleine Weihnacht voraus in den »guldenen Ämtern«. Diese Vorweihnachtsfeier gilt aber hauptsächlich der lieben Gottesmutter Maria, die uns um Weihnachten die wahre Christfreude mit dem lieben Christkindlein bringen soll. Sie hat das Christkind schon bei sich, und darum singen und jubeln ihr die Gläubigen zu und bitten herzinnig, sie möchte es auch ihnen schenken. Der heilige Advent ist so recht die Frühlingszeit auf Weihnachten. Zart und liebinnig tönen die süßen Frauenlieder beim »guldenen Amt«.

Ave Maria klare,
Du lichter Morgenstern,
Du bist ein' Freud fürwahre
Des Himmels und der Erd'.
Erwählt von Ewigkeit
Zu sein ein' Mutter Gottes
Zu Trost der Christenheit.

Wir alle wollen der Mahnung des heiligen Paulus nachkommen, die er zu dieser Frist an uns richtet:

»Freuet euch im Herrn allezeit, und noch einmal sag' ich euch, freuet euch!«

William Ashley Anderson

Erscheinung am Weihnachtsabend

Es war ein bitterkalter Abend, weit und leer. Über Hallett's Hill glitzerte ein heller Stern wie der Silberstern an der Spitze eines Weihnachtsbaumes. Die unbewegte Luft schien zu tönen wie das Innere einer großen ehernen Glocke. Aber in unserem Bauernhaus im pennsylvanischen Bergland verbreiteten die rotglühenden Öfen behagliche Wärme.

Der Abendbrottisch war abgeräumt, und soeben hatte ich es mir mit einer Zigarette bequem gemacht, als mein kleiner Sohn Bruce herunterkam, eine geisterhafte Erscheinung in langem, weißem Nachthemd mit einem purpurroten, silberdurchwirkten Überwurf. In der einen Hand hielt er eine hohe Krone aus gelber Pappe mit Flittergold, an der anderen schaukelte ein reichverziertes Weihrauchfaß. An den Füßen hatte er leichte Schlurfsandalen.

»Was soll denn das vorstellen?« fragte ich lachend. Meine Frau betrachtete den Jungen prüfend und gleichzeitig teilnahmsvoll und zärtlich.

»Er ist doch einer der Weisen aus dem Morgenland«, erklärte sie fast entrüstet.

Der mahnende Blick, den sie mir zuwarf, erinnerte mich daran, daß ich versprochen hatte, Bruce rechtzeitig zu der im Schulhaus stattfindenden Weihnachtsfeier zu bringen. Mir schauderte bei dem Gedanken an die Kälte draußen; dennoch zog ich einen dicken Mantel an und ging tapfer durch die Dunkelheit zur Garage.

Die Batterie meines alten Wagens war längst erschöpft, doch dank einer jener unberechenbaren Launen der Technik sprang der Motor bei der ersten Kurbeldrehung an. Das war allerdings ein Teufelsstreich, denn ehe wir die Landstraße erreichten, setzte der Motor aus.

Mir sank das Herz. Ich sah Bruce an, der Krone und Weihrauchfaß in den Armen hielt und auf den scheinbar endlosen Weg starrte, der sich zwischen den einsamen Hügeln verlor. Die Ortschaft Hallett lag über zwei Kilometer entfernt, und bis zur nächsten Tankstelle an der Route 90 waren es mehr als drei Kilometer.

Nun, dachte ich, die Sache ist nicht weiter tragisch. Bruce schwieg noch immer, aber er blickte jetzt auf den hellen Stern, der über dem zackigen Berggrat funkelte. Mir wurde ein wenig unbehaglich zumute, denn ich merkte auf einmal, daß der Junge betete. Auch er hatte ein Versprechen gegeben, und nun betete er, daß nichts ihn davon abhalten möge, an diesem herbeigesehnten Weihnachtsabend einer der Heiligen Drei Könige zu sein.

Ich mühte mich mit der Kurbel ab, aber vergeblich. Dann kramte ich in der Tasche nach Streichhölzern, um mir eine Zigarette anzuzünden und zu überlegen. Als ich aufsah, war Bruce nicht mehr da. Ein Stück weiter unten eilte er den Weg entlang; mit der einen Hand hielt er sein Königsgewand gerafft, die andere schwenkte das Weihrauchfaß; die hohe goldene Krone saß ihm schief auf dem Kopf. Ich wußte nicht, ob ich lachen oder ihn zurückrufen sollte. Schließlich warf ich die Zigarette weg und kurbelte von neuem.

Endlich sprang der Motor spuckend und fauchend an.

Ich kletterte in den Wagen, fuhr los und holte Bruce kurz vor der Stelle ein, wo die Straße zur Stadt abzweigte.

»Du hättest nicht so davonlaufen sollen«, knurrte ich. »Es ist viel zu kalt.«

»Ich habe den Weihrauch angezündet«, versetzte er. »Ich bin ganz warm geblieben. Ich habe mich immer nach dem Stern gerichtet und den Weg abgekürzt, quer durch Basoines Farm, und bei dem neuen Haus bin ich wieder auf die Straße gekommen.« Er zitterte vor Kälte.

»Aber deine Sandalen! Du hättest dir die Füße erfrieren können!«

»Es war nicht so schlimm.«

Wir kamen noch beizeiten im Schulhaus an. Ich stand ganz hinten unter den Zuschauern. Als ich Bruce steifbeinig auf schmerzenden, halb erfrorenen Füßen hereinhumpeln und, seine Verse deklamierend, vor der Krippe knien sah, bereute ich, daß ich über ihn gelacht hatte. Ein ungewohntes Gefühl der Ehrfurcht stieg in mir auf, und ich spürte, daß ihn etwas Stärkeres als ein Versprechen durch die kalte Nacht zu diesem Weihnachtsspiel getrieben hatte.

Auf dem Heimweg zeigte er mir die Stelle, wo sein Abkürzungsweg in die Straße mündete. »Da wohnen Thompsons«, sagte er und fügte hinzu: »Harry Thompson ist dort gestorben.«

Als wir an Basoines Farm vorbeikamen, waren die Fenster erhellt. Darüber wunderte ich mich. Seit George Basoine fortgezogen war, um sein Glück zu machen, war die alte Großmutter, die ihren Jüngsten im Ersten Weltkrieg verloren hatte, ganz zusammengebrochen, und Trübsinn lag über dem Haus.

Ich fuhr langsamer, und so konnte ich durchs Küchenfenster Lou Basoine sehen, der Pfeife rauchte und sich mit seiner Frau und der Mutter unterhielt.

Sonst gibt es von diesem Abend nichts weiter zu erzählen. Am ersten Weihnachtsfeiertag aber kam eine Nachbarin und brachte uns ein Stück Wildpastete und einen Krug sassafrasgewürzten Apfelwein. Sie ging in die Küche zu meiner Frau, die gerade das Weihnachtsmahl zubereitete. Als ich Gelächter hörte, gesellte ich mich hinzu; denn ich habe eine Schwäche für ländlichen Klatsch.

»Hör dir das an!« sagte meine Frau.

Die Nachbarin sah mich mit erregt glänzenden Augen an, jedoch ein wenig argwöhnisch. »Sie müssen es ja nicht glauben«, begann sie, »aber es ist schon so. Die Leute hier oben in den Bergen sehen mehr als andere Menschen und glauben daran.«

»Was haben Sie denn gesehen?«

»Ich nicht. Es war die alte Mutter Basoine. Gestern abend, als ihr weh zumute war, kam es ihr vor, als hörte sie etwas hinter der Scheune, und sie schaute hinaus. Nun muß ich von der alten Frau sagen, sie hat noch gute Augen. Der Mond schien zwar nicht, aber es war eine helle Sternennacht, wie Sie wohl wissen. Und da sah sie so deutlich wie am hellichten Tag einen der Heiligen Drei Könige aus der Bibel den Hang herunterkommen, mit einer Goldkrone auf dem Kopf, und er schwenkte in der Hand so einen Kessel, der rauchte . . .«

Meine Frau und ich blickten einander an, doch bevor ich etwas sagen konnte, fuhr die Besucherin eifrig fort: »Lachen Sie nicht! Es gibt noch andere, die es bezeugen können – die Thompsons. Sie wissen doch, die Leute, denen der älteste Sohn gestorben ist. Dort hörten die Kinder ihn zuerst. Er sang ›Herbei, o ihr Gläubigen‹, ganz deutlich hörten sie es. Sie liefen zum Fenster, und da sahen sie einen der Heiligen Drei Könige im Sternenschein den Weg überqueren, mit Goldkrone, langem Gewand, Feuertopf und allem!«

Die Farmersfrau sah mich herausfordernd an. »Jawohl, so ist es. Alte Leute und Kinder sehen Dinge, die wir vielleicht nicht sehen können. Aber eins kann ich Ihnen sagen, die Basoines und die Thompsons kennen sich nicht einmal. Die alte Mutter Basoine fühlte sich einsam und dachte trauernd an ihren gefallenen Sohn, und den Eltern Thompson war es auch einsam und traurig ums Herz, weil es das erste Weihnachtsfest ohne ihren Harry ist, und sie beteten gerade zum Herrgott. Vielleicht glauben Sie nicht daran, daß Beten etwas ausmacht. Aber ich sage Ihnen, es war ein Trost für sie, so etwas zu sehen und daran zu glauben!«

In der Küche wurde es still. Die beiden Frauen betrachteten forschend mein Gesicht, vielleicht in der Erwartung, einen Ausdruck der Ungläubigkeit zu finden, da ich nicht sehr fromm bin. Doch was sie auch erwartet haben mochten, auf das, was kam, waren sie nicht gefaßt.

Freilich, ich hatte an diesem Weihnachtsabend kein Wunder erlebt, aber was ich gesehen hatte, das machte mir einen viel größeren Eindruck als jegliche übernatürliche Erscheinung: einen kleinen Jungen aus Fleisch und Blut, der, einem Versprechen getreu, querfeldein dem Stern nachging, welcher vor Jahrhunderten die drei Wesen aus dem Morgenlande nach Bethlehem geführt hatte. Es lag mir fern, die Standhaftigkeit und Gläubigkeit zu verleugnen, die ich in jener Nacht in den Augen meines Sohnes gesehen hatte.

Und so sagte ich mit einer Aufrichtigkeit, die für die beiden guten Frauen gewiß ebenso unverhofft wie sichtlich beglückend war: »Ja, ich glaube, in der Weihnachtszeit ist uns Gott sehr nahe.«

Karl Heinrich Waggerl

Die stillste Zeit im Jahr

Immer am zweiten Sonntag im Advent stieg der Vater auf den Dachboden und brachte die große Schachtel mit dem Krippenzeug herunter. Ein paar Abende lang wurde dann fleißig geleimt und gemalt, etliche Schäfchen waren ja lahm geworden, und der Esel mußte einen neuen Schwanz bekommen, weil er ihn in jedem Sommer abwarf wie ein Hirsch sein Geweih. Aber endlich stand der Berg wieder wie neu auf der Fensterbank, mit glänzendem Flitter angeschneit, die mächtige Burg mit der Fahne auf den Zinnen und darunter der Stall. Das war eine recht gemütliche Behausung, eine Stube eigentlich, sogar der Herrgottswinkel fehlte nicht und ein winziges ewiges Licht unter dem Kreuz. Unsere Liebe Frau kniete im seidenen Mantel vor der Krippe, und auf der Strohschütte lag das rosige Himmelskind, leider auch nicht mehr ganz heil, seit ich versucht hatte, ihm mit der Brennschere neue Locken zu drehen. Hinten standen Ochs und Esel und bestaunten das Wunder. Der Ochs bekam sogar ein Büschel Heu ins Maul gesteckt, aber er fraß es ja nie. Und so ist es mit allen Ochsen, sie schauen nur und schauen und begreifen rein gar nichts.

Weil der Vater selber Zimmermann war, hielt er viel darauf, daß auch sein Patron, der heilige Joseph, nicht nur so herumlehnte, er dachte sich in jedem Jahr ein anderes Geschäft für ihn aus. Joseph mußte Holz hacken oder die Suppe kochen oder mit der Laterne die Hirten einweisen, die von überallher gelaufen kamen und Käse mitbrachten oder Brot oder was sonst arme Leute zu schenken haben.

Es hauste freilich ein echt ungläubiges Volk in unserer Krippe, ein Jäger, der zwei Wilddiebe am Strick hinter sich herzog, aber auch etliche Zinnsoldaten und der Fürst Bismarck und überhaupt alle Bresthaften aus der Spielzeugkiste.

Ganz zuletzt kam der Augenblick, auf den ich schon tagelang lauerte. Der Vater klemmte plötzlich meine Schwester zwischen die Knie, und ich durfte ihr das längste Haar aus dem Zopf ziehen, ein ganzes Büschel mitunter, damit man genügend Auswahl hatte, wenn dann ein golden gefiederter Engel darangeknüpft und über die Krippe aufgehängt wurde, damit er sich unmerklich drehte und wachsam umherblickte.

Das Gloria sangen wir selber dazu. Es klang vielleicht ein bißchen grob in unserer breiten Mundart, aber Gott schaut seinen Kindern ja ins Herz und nicht in den Kopf oder aufs Maul. Und es ist auch gar nicht so, daß er etwa nur Latein verstünde.

Mitunter stimmten wir auch noch das Lieblingslied der Mutter an, das vom Tannenbaum. Sie beklagte es ja oft, daß wir so gar keine musikalische Familie waren. Nur sie selber konnte gut singen, hinreißend schön für meine Begriffe, sie war ja auch in ihrer Jugend Kellnerin gewesen. Wir freilich kamen nie über eine Strophe hinaus. Schon bei den ersten Tönen fing die Schwester aus übergroßer Ergriffenheit zu schluchzen an. Der Vater hielt ein paar Takte länger aus, bis er endlich merkte, daß seine Weise in ein ganz anderes Lied gehörte, etwa in das von dem Kanonier auf der Wacht. Ich selber aber konnte in meinem verbohrten Grübeln, wieso denn ein Tannenbaum zur Winterzeit grüne Blätter hatte, die zweite Stimme nicht halten. Daraufhin brachte die Mutter auch mich mit einem Kopfstück zum Schweigen und sang das Lied als Solo zu Ende, wie sie es gleich hätte tun sollen. Advent, sagt man, sei die stillste Zeit im Jahr. Aber in meinem Bubenalter war es keineswegs die stillste Zeit. In diesen Wochen lief die Mutter mit hochroten Wangen herum, wie mit Sprengpulver geladen, und die Luft in der Küche war sozusagen geschwängert mit Ohrfeigen. Dabei roch die Mutter so unbeschreiblich gut, überhaupt ist ja der Advent die Zeit der köstlichen Gerüche. Es duftet nach Wachslichtern, nach angesengtem Reisig, nach Weihrauch und Bratäpfeln. Ich sage ja nichts gegen Lavendel und Rosenwasser, aber Vanille riecht doch eigentlich viel besser, oder Zimt und Mandeln.

Mich ereilten dann die qualvollen Stunden des Teigrührens. Vier Vaterunser das Fett, drei die Eier, ein ganzer Rosenkranz für Zucker und Mehl. Die Mutter hatte die Gewohnheit, alles Zeitliche in ihrer Kochkunst nach Vaterunsern zu bemessen, aber die mußten laut und sorgfältig gebetet werden, damit ich keine Gelegenheit fände, den Finger in den köstlichen Teig zu tauchen. Wenn ich nur erst den Bubenstrümpfen entwachsen wäre, schwor ich mir damals, dann wollte ich eine ganze Schüssel voll Kuchenteig aufessen, und die Köchin sollte beim geheizten Ofen stehen und mir dabei zuschauen müssen! Aber leider, das ist einer von den Knabenträumen geblieben, die sich nie erfüllt haben.

Am Abend nach dem Essen wurde der Schmuck für den Christbaum erzeugt. Auch das war ein unheilschwangeres Geschäft. Damals konnte man noch ein Buch echten Blattgoldes für ein paar Kreuzer beim Krämer kaufen. Aber nun galt es, Nüsse in Leimwasser zu tauchen und ein hauchdünnes Goldhäutchen herumzublasen. Das Schwierige bei der Sache war, daß man vorher nirgendwo Luft von sich geben durfte. Wir saßen alle in der Runde und liefen blaurot an vor Atemnot, und dann geschah es eben doch, daß jemand plötzlich niesen mußte. Im gleichen Augenblick segelte eine Wolke von glänzenden Schmetterlingen durch die Stube. Einerlei, wer den Zauber verschuldet hatte, das Kopfstück bekam jedenfalls ich, obwohl es nur bewirkte, daß sich der goldene Unsegen von neuem in die Lüfte hob. Ich wurde dann in die Schlafkammer verbannt und mußte Silberpapier um Lebkuchen wickeln, um ungezählte Lebkuchen.

Kurz vor dem Fest, sinnigerweise am Tag des ungläubigen Thomas, mußte der Wunschzettel für das Christkind geschrieben werden, ohne Kleckse und Fehler, versteht sich, und mit Farben sauber ausgemalt. Zuoberst verzeichnete ich anstandshalber, was ja ohnehin von selber eintraf, die Pudelhaube oder jene Art von Wollstrümpfen, die so entsetzlich bissen, als ob sie mit Ameisen gefüllt wären. Darunter aber schrieb ich Jahr für Jahr mit hoffnungsloser Geduld den kühnsten meiner Träume, den Anker-Steinbaukasten, ein Wunderwerk nach allem, was ich davon gehört hatte. Ich glaube ja heute noch, daß sogar die Architekten der Jahrhundertwende ihre Eingebungen von dorther bezogen haben.

Aber ich selber bekam ihn ja nie, wahrscheinlich wegen der ungemein sorgfältigen Buchhaltung im Himmel, die alles genau verzeichnete, gestohlene Zuckerstücke und zerbrochene Fensterscheiben und ähnliche Missetaten, die sich durch ein paar Tage auffälliger Frömmigkeit vor Weihnachten auch nicht mehr abgelten ließen.

Wenn mein Wunschzettel endlich fertig vor dem Fenster lag, mußte ich auch noch den für meine Schwester schreiben. Ungemein zungenfertig plapperte sie von einer Schlafpuppe, einem Kramladen, lauter albernes Zeug. Da und dort schrieb ich wohl ein heimliches »Muß nicht sein« dazu, aber vergeblich. Am Heiligen Abend konnte sie doch eine Menge von Früchten ihrer Unverschämtheit ernten.

Der Vater, als Haupt und Ernährer unserer Familie, brauchte natürlich keinen Wunschzettel zu liefern. Für ihn dachte sich die Mutter in jedem Jahr etwas Besonderes aus. Ich erinnere mich noch an ein Sitzkissen, das sie ihm einmal bescherte, ein Wunderwerk aus bemaltem Samt, mit einer Goldschnur eingefaßt. Er bestaunte es auch sehr und lobte es überschwenglich, aber eine Weile später schob er es doch heimlich wieder zur Seite. Offenbar wagte es nicht einmal er, auf einem röhrenden Hirschen zu sitzen, mitten im Hochgebirge.

Für uns Kinder war es hergebracht, daß wir nichts schenken durften, was wir nicht selber gemacht hatten. Meine Schwester konnte sich leicht helfen, sie war ja immerhin ein Frauenzimmer und verstand sich auf die Stikkerei oder sonst eine von diesen hexenhaften Weiberkünsten, die mir zeitlebens unheimlich gewesen sind. Einmal nun dachte auch ich etwas Besonderes zu tun. Ich wollte den Nähsessel der Mutter mit Kufen versehen und einen Schaukelstuhl daraus machen, damit sie ein wenig Kurzweil hätte, wenn sie am Fenster sitzen und meine Hosen flicken mußte. Heimlich sägte ich also und hobelte in der Holzhütte, und es geriet mir alles vortrefflich. Auch der Vater lobte die Arbeit und meinte, es sei eine großartige Sache, wenn es uns nur auch gelänge, die Mutter in diesen Stuhl hineinzulocken.

Aber aufgeräumt, wie sie am Heiligen Abend war, tat sie mir wirklich den Gefallen. Ich wiegte sie, sanft zuerst und allmählich ein bißchen schneller, und es gefiel ihr ausnehmend wohl. Niemand merkte jedenfalls, daß die

Mutter immer stiller und blasser wurde, bis sie plötzlich ihre Schürze an den Mund preßte – es war durchaus kein Gelächter, was sie damit ersticken mußte. Lieber, sagte sie hinterher, weit lieber wollte sie auf einem wilden Kamel durch die Wüste Sahara reiten, als noch einmal in diesem Stuhl sitzen! Und tatsächlich, noch auf dem Weg zur Mette hatte sie einen glasigen Blick, etwas seltsam Wiegendes in ihrem Schritt.

Jakob Kneip

Weihnachtsbrief eines Abgewanderten an die daheim

Da sitze ich heute am Weihnachtsabend allein in meinem Großstadtzimmer und lasse die Gedanken an Euren Bergen hinaufwandern, zum Treisberg, zum Jochberg, zur Guntershöh, zum Koppenstein – und ich lasse von diesen Gipfeln meine Augen zu all den Dörfern, Höfen und Mühlen hinabgehen, die rings in den Mulden und Falten des Hunsrücks verstreut liegen.

Laßt Euch sagen, wie glücklich Ihr seid, daß Ihr dies Fest der Liebe und des Friedens noch im engen Kreis der Gemeinde, im vertrauten Klange Eurer Glocken, in der heiligen Ruhe der Natur und in der Sammlung der Seele genießen dürft. Laßt Euch sagen, wie glücklich Ihr seid, noch eine Heimat und eine Erde zu besitzen, die Euer Haus umhegt, die Euch nährt, die Euch mit Sonne, Mond und Sternen, die darübergehen, immerdar nahe ist, ja, die Euch zueigen gehört und die Euch zuletzt, wenn Eure Hand der harten Arbeit müde ist, im gesegneten Alter in ihren Schoß aufnimmt.

Wie ich aber werden an diesem Weihnachtsabend wohl Hunderte von Abgewanderten in engen Großstadthäusern sitzen und sich nach Euren Bergen sehnen. Denn auch in den Seelen der Menschen herrscht hier in der großen Stadt leicht Abkehr des einen vom andern. Nicht einmal im gleichen Hause kennen sich alle, und wie viele suchende, frierende, hungernde, einsame, verstoßene Menschen gehen heute durch die Straßen dieser Stadt! Droben bei Euch aber sind alle in der Gemeinde wie Brüder eines Ursprungs zu diesem Fest vereint. Keiner, der heute hungert oder friert. Auch die arme, blinde Susanne, die am Dorfende wohnt, und der greise Sauhirt, ja, selbst der Bettler und Landstreicher, der zu Euch findet, darf heute mit Euch dies Fest der Liebe und des Friedens begehen. Eure von Tannen- und Weihrauchduft und von himmlischem Licht erfüllte Kirche, in der alle beten, singen und in Gott sich erfreuen, schließt sie zusammen.

Während aber droben in Euren Bauernstuben die Weihnachtslichter brennen, suchen hier unten die Gedanken all der vielen, die sich gleich mir in die Stadt verbannt fühlen, in heißem Drang nach der Heimat zurück: zu Vater, Mutter, Bruder, Schwester, zu alten Freunden, lebenden und toten. Und ihre Herzen werden von Gefühlen bewegt, die längst erstorben schienen, ja, sie werden wohl gar mit brennendem Heimweh und tiefer Wehmut erfüllt. – Laßt mich an diesem Abend ihre Stimme sein, Ihr dort oben: Laßt mich Euch anvertrauen, was ihre Brust bewegt: Da tickt die alte Uhr noch im Kasten. Der Abgewanderte hört heute mit einmal wieder ganz deutlich ihren Schlag; er hört auch Eure festlich erregten Stimmen durch das alte, vertraute Haus klingen. Dann geht er mit Euch zur nächtlichen Mette, und das gütige Antlitz des alten Pfarrers am Altar, das greise Haupt seines Lehrers, den er noch deutlich vor sich sieht, wie er dasaß auf der Orgelbank, ganz hingegeben an die himmlische Musik dieser heiligen Nacht – das alles bemächtigt sich mit einmal seiner Seele und hält sie im Bann. Ja, mancher, dem Vater und Mutter längst gestorben sind, sieht sich als Kind wieder unter ihnen stehen, spricht und lacht mit ihnen, als hätte nicht Zeit, nicht Raum, nicht einmal der Tod sie getrennt.

Er schaut mit ihnen in die Lichter am Weihnachtsbaum, er sieht sogar die Katze und den Haushund unterm Ofen liegen. Und das Rasseln der Schiefer am Dach, der Wind im Kamin, das Rauschen der Tannen am Giebel und die Stimmen der Nachbarn sind ihm wieder nah in dieser Nacht wie in den Tagen der Kindheit in den heimatlichen Bergen droben.

Und der Abgewanderte tritt mit Euch hinaus in der Nacht und sieht unter den Sternen den Schnee auf den Berghäuptern schimmern, er kniet mit Euch in der Kirche, und seine Seele wird im Gloria auf den Wogen der Orgel bis zum strahlenden Tor des Himmels hinaufgehoben. Ja, als die Orgel bei der Wandlung leise verklingt, sieht er, wie die Toten rings in den Gräbern um die alte Kirche sich heben, mitzufeiern und Euren Gesängen zu lauschen. Er ist in diesem heiligsten Augenblick eins mit allen Ahnen, Brüdern und Freunden aus seinem Blut: Sie alle sind vereint im Frieden und der himmlischen Freude dieser heiligen Nacht.

Ihr dort oben, laßt Euch glücklich preisen, daß Ihr die Geister der Erde und des Himmels noch um Euch spüret und daß Gottes Atem noch ungehemmt und beglückend in dieser heiligen Nacht an Eure Seele rühren kann.

Knut Hamsun

Weihnachten in der Berghütte

Es war sehr viel Schnee zu Weihnachten gekommen, das kleine Haus droben in den Bergen steckte nicht mit viel mehr heraus als mit dem Dach und den beiden obersten Balken. Es war übrigens auch nur eine Hütte, ein Häuslerplatz für eine Kuh, ein Schwein und ein Lamm.

Hier wohnte die Familie Sommer und Winter für sich allein.

Der Mann hieß Tor und die Frau Kirsti; und sie hatten fünf Kinder, die Timian bis Kaldäa hießen. Die Kaldäa war im Dienst unten im Dorf, und Timian hatte es durchgesetzt, nach Amerika zu gehen. Die drei Kinder, die noch zu Hause waren, waren zwei Jungen und ein Mädchen: Rinaldus, Didrik und Tomelena. Tomelena nannte man für gewöhnlich nur Lena.

Es war, wie gesagt, zu Weihnachten unmäßig viel Schnee gefallen, und der alte Tor hatte den ganzen Tag Schnee geschaufelt, so daß er ganz müde und abgearbeitet war. Nun hatte er alles gelesen, was für den Weihnachtsabend im Gesangbuch stand, und sich danach mit der Pfeife im Munde aufs Bett gelegt. Die Frau kochte am Herd, indem sie die ganze Zeit in der Stube hin und her ging und immer noch etwas zu ordnen fand.

Hat das Vieh schon was zum Abend bekommen? fragte Tor.

Ja, freilich, erwiderte die Frau.

Tor rauchte wieder ein Weilchen und sagte dann, indem er in seinen Bart lächelte:

Was kochst und brätst du da den ganzen Abend, Frau? Ich begreife gar nicht, wo du das alles hernimmst.

Oh, ich bin reicher, als ihr glaubt, erwiderte Kirsti, und sie lachte selbst über den Scherz.

Beim Abendessen sollte die Familie auch einen Schnaps haben, das war alter Brauch, und Rinaldus war derjenige, der in die Gläser einschenken sollte. Das war für ihn ein feierlicher Augenblick; er sollte die Karaffe mit den großen gemalten Rosen in seinen Händen halten. Aller Augen beobachteten ihn.

Halte die Rosenkaraffe in der linken Hand, wenn du Leuten eingießt, die älter sind als du, sagte der Vater. Du bist alt genug, etwas anzunehmen und etwas zu lernen.

Und Rinaldus nahm die Rosenkaraffe in die linke Hand. Er goß so vorsichtig ein, daß es ein förmliches Schauspiel war, streckte dabei die Zunge heraus, legte den Kopf auf die Seite und goß.

Die Abendmahlzeit war das reine Festessen, es gab Fladenbrot, Sirup und ein Ei für jeden. Außerdem konnte man sehen, daß es Weihnachten war, denn es gab noch Butter zum Brote.

Tor sprach laut Luthers Tischgebet.

Aber nach der Mahlzeit irrte sich der kleine Didrik im Tage, ging zum Vater und zur Mutter und gab ihnen die Hand zum Dank fürs Essen. Der Vater ließ es ihn tun, bevor er etwas sagte; als er aber fertig war, sagte Tor doch:

Du solltest uns heute abend nicht für das Essen danken, Didrik. Es ist gerade nichts Verkehrtes dabei; aber du weißt, am Neujahrsabend sollst du für das Essen danken.

Didrik war nun so beschämt, daß er sich ganz zusammenduckte, und er brüllte beinahe los, als die Geschwister über ihn zu lachen begannen.

Tor hatte sich wieder mit der Pfeife im Munde auf das Bett gelegt, und die Frau wusch die Tassen ab.

Ja, das war ein tüchtiger Schneefall, den wir hatten, sagte sie.

Er ist wohl auch noch nicht zu Ende, erwiderte Tor. Der Mond hat einen Hof, und die Elstern fliegen dicht am Boden.

An einen Kirchengang ist für morgen wohl nicht zu denken, was?

Ach, Gott behüte. Du hast wohl nicht im Kalender nachgesehen, wenn du morgen auf Kirchgangswetter hoffst.

Wie ist denn da der Aspekt?

Er sieht wohl nicht besser aus als ein Kalb ohne Beine. Ich würde sonst nicht so schlecht davon reden.

Nein, wirklich!

Gib meine Brille her, Rinaldus, aber laß sie nicht auf den Boden fallen, fuhr Tor fort. Und er untersuchte noch einmal den gefährlichen Aspekt. Ja, da siehst du, sagte er zu der Frau. Es ist nicht besser, als ich sage.

Jesus behüte uns alle! meinte Kirsti und faltete ihre Hände. Bedeutet das da Unwetter?

Ja, das bedeutet Unwetter. Aber das hier ist doch wohl noch nicht der schlimmste Aspekt. Wenn du einen von der richtigen Sorte sehen willst, dann sieh dir hier den fünften Februar an. Das ist wohl kein geringerer als der Antichrist selbst, mit zwei Hörnern.

Jesus, Gott behüte uns! Und Timian, der in Amerika ist.

Nach diesem Ausruf trat für ein Weilchen Stille in der kleinen Stube ein. Draußen begann es zu stürmen und der Schnee zu fegen. Die Kinder unterhielten sich miteinander und vergnügten sich mit verschiedenen Dingen; die Katze ging von einem zum andern und ließ sich streicheln.

Ich möchte wohl wissen, was der König am Weihnachtsabend ißt? brachte Didrik hervor.

Haha, da gibt es wohl feine Butter und süße Kuchen, rief die kleine Lena, die erst acht Jahre alt war und es nicht besser wußte.

Denke, süßen Kuchen! Und dann auch noch Butter darauf, sagte Didrik. Und der König trinkt wohl eine ganze Rosenkaraffe allein aus?

Aber Rinaldus, der der Älteste war und bereits weit in der ›Auslegung‹ gekommen, lachte über dieses Gerede laut auf: Nur *eine* Rosenkaraffe? Haha, der König trinkt mindestens zwanzig!

Zwanzig, sagst du?

Ja, die trinkt er mindestens.

Nein, bist du verrückt, Rinaldus! Es ist unmöglich, mehr als zwei zu trinken, sagte die Mutter, die am Herde stand.

Aber nun mischte sich auch Tor hinein.

Was faselt ihr da? sagte er. Glaubt ihr denn etwa, der König trinkt solchen gewöhnlichen Schnaps? Der König trinkt etwas, was Schampanertrunk heißt, will ich euch sagen. Davon kostet eine einzige Flasche fünf bis sechs Kronen, je nachdem wie die Preise in England sind. Und den trinkt der König von früh morgens bis spät am Abend, nichts als Schampanertrunk. Und jedesmal, wenn er ein Glas ausgetrunken hat, stößt er es so hart auf das Tablett, daß es zersplittert, und sagt zur Prinzessin: Nimm es fort! sagt er!

Aber in Jesu Namen, warum zersplittert er denn die Gläser? fragt Kirsti.

He, solch eine Frage! Glaubst du, daß er sich herabläßt, die ganze Zeit aus ein und demselben Glas zu trinken, so ein Mann, wie der ist?

Pause.

Ich begreife nicht, Tor, woher du immer alles weißt, sagt die Frau ganz still.

Ach, erwidert Tor, bei mir hapert's auch manchmal; es war zwar nicht so leicht zu meiner Zeit, vor dem Pfarrer zu bestehen. Damals mußte man seine Dinge können.

Dann erhob sich Tor, legte die Pfeife fort und fragte nach dem Pulver. Er wußte wohl, wo es versteckt war, denn er hatte es selbst am Fußende des Bettes vergraben, als er das letzte Mal vom Krämer kam; aber er fragte doch danach und rief dadurch eine feierliche Stimmung in der Stube hervor.

Als das Pulver hervorgeholt war, teilte er es in drei gleiche Teile und packte es in dreieckige Papierstücke ein. Dann setzte er die Mütze auf. Die Kinder versammelten sich neugierig um ihn und baten, mit ihm gehen zu dürfen, denn sie wußten, was bevorstand. Und bald saß Kirsti allein in der Stube.

Tor und die Kinder arbeiteten sich bis zum Kuhstall durch, sie wollten das Pulver verbrennen. Der Schnee fegte wild um sie herum. Tor machte das Zeichen des Kreuzes, dann öffnete er die Stalltüre und machte abermals das Zeichen des Kreuzes, nachdem er eingetreten war. Der Stall lag im Halbdunkel, alles war still, man hörte das Wiederkauen der Kuh. Tor zündete ein Lichtstümpfchen an und steckte dann die Pulverpäckchen an, eins für die Kuh, eins für das Schwein und eins für das Lamm; die Kinder sahen mit heimlichem Beben zu, keines von ihnen sagte ein Wort. Dann machte Tor wieder das Zeichen des Kreuzes und ging. Er rief nach Lena, die zurückgeblieben war, um das Lamm zu streicheln, daß sie sich sputen möchte und kommen. Und Tor und die Kinder kehrten wieder in die Stube zurück.

Das ist ein richtiges Wetter draußen, sagte er, der ganze Berg steht wie im Rauch.

Er legte sich wieder aufs Bett, bis der Kaffee fertig war, während die Kinder mit Kleinigkeiten sich am Tisch zu beschäftigen begannen. Sie wurden immer lauter und lachten dazu bisweilen über die geringfügigsten Dinge. Tor sprach durch das Zimmer hin zu seiner Frau.

Ja, ich möchte wirklich wissen, was . . . Nein, Kinder, ihr lärmt so, daß man sein eigenes Wort nicht versteht . . . ich möchte wirklich wissen, wo ich hin soll und mich wieder nach ein bißchen Arbeit umsehen, sagte er.

Die Frau goß Kaffee ein.

Ach, da findet sich schon Rat mit Gottes Hilfe, erwiderte sie. Vielleicht gibt es unten im Dorf ein wenig Drescharbeit.

Ach ja, da findet sich schon was . . . Komm, trink nun Kaffee.

Als Tor seinen Kaffee getrunken hatte, zündete er wieder seine Pfeife an. Er zog die Frau zur Türe hin und flüsterte dort ein Weilchen mit ihr, so daß die Kinder sich fast verrückt lauschten, um zu hören, was da gesagt wurde. Als aber die kleine Lena ihren naseweisen Kopf zwischen die Eltern stecken wollte, wurde sie schnell fortgeschoben, und die Brüder riefen ihr schadenfroh zu:

Siehst du, da hast du's!

Aber Klein-Lena war doch so nett und lieb, daß niemand das Herz hatte, sich über sie lustig zu machen. Darum gab Rinaldus ihr auch gleich darauf einen großen, blanken Knopf und erfreute sie mit dem wenigen, was er hatte.

Der Vater ging zum Schrank hin und nahm dort ein Paket herab. Dieses Paket enthielt eine Sendung von Timian in Amerika, eine Boa aus weichem, schwarzem Fell und mit Quasten. Timian hatte wohl daran gedacht, wie kalt es dort oben in den Bergen im Winter war, und dann hatte er diese Boa heimgesandt, die die wärmste Halsbinde war, die er je gesehen hatte. Sie war wohl auch nicht so billig gewesen.

Aber wer sollte nun die Boa haben? Tor wie auch seine Frau hatten über die Frage des langen und breiten nachgedacht und endlich bestimmt, daß Rinaldus sie haben sollte; denn Rinaldus wäre der Ältere, außerdem hatte er oft Gänge ins Dorf zu machen, so daß er wohl etwas Warmes brauchen konnte.

Rinaldus, komm her! sagte Tor. Hier ist eine Halsbinde von Bruder Timian für dich. Und das ist eine gehörige Halsbinde! Aber du mußt vorsichtig damit sein, damit du noch etwas Feines um den Hals hast, wenn du vor dem Pfarrer stehst. Da, verbrauch sie mit Gesundheit!

Nun entstand eine Verwunderung und Freude, an der alle teilnahmen. Die weiche Boa wurde eine halbe Stunde lang beschaut und befühlt, und die kleine Lena ward nicht müde, mit ihren kleinen blauen Händchen darüber hin zu streichen. Aber sie durfte sie nicht fest umlegen, nein, ja nicht umlegen, sie wäre noch zu klein dazu. Dagegen bekam Lena ein kleines Licht, und dieses Licht zündete sie fortwährend an und löschte es wieder aus, denn sie konnte es sich nicht leisten, es brennen zu lassen. Didrik war der einzige, der nichts bekam; aber der Vater versprach ihm eine ganz neue biblische Geschichte, sobald er mit Drescharbeit im Dorfe unten ein wenig Geld verdienen könnte.

Der Schnee trieb immer dichter gegen die Scheiben, und bisweilen fiel sogar Schnee durch den Schornstein herab bis ins Feuer auf dem Herde. Es war schon spät und Zeit, zu Bett zu gehen; morgen gab es wohl wieder dieselbe Arbeit mit dem Schneeschaufeln.

Ja, geht nun auf den Hängeboden hinauf und legt euch zu Bett, Kinder! sagte Tor. Betet zu Jesus, bevor ihr einschlaft, und macht das Zeichen des Kreuzes über Gesicht und Brust.

Und die Kinder krochen dann, eines nach dem andern, die Leiter hinauf. Rinaldus durfte seine Boa, in Papier eingewickelt, mitnehmen, und Lena kam mit ihrem Lichte in der Hand nach . . .Um zwölf Uhr, als alle schliefen, hörte die Mutter in der Stube oben etwas rascheln. Sie rief hinauf, ob jemand oben wach wäre. Keine Antwort. Alles blieb still.

Ein Weilchen später trippelten kleine Füße über den Boden, die vorsichtigsten Schritte, die man kaum noch hören konnte – das war die kleine Lena, die sich doch im Dunkeln zu der Boa hingeschlichen hatten, um sie umzulegen, und nun schreckliche Angst hatte, dabei ertappt zu werden.

Die feine Boa! Es war der weichste Gegenstand, der je in der Berghütte gewesen war, und Rinaldus benutzte sie nur zweimal mit größter Vorsicht beim Kirchgang. Aber trotzdem begannen im Sommer jämmerlich die Haare auszufallen, und in die Quasten kamen wahrhaftig die Motten.

Alphonse Daudet

Die drei stillen Messen

»Zwei mit Trüffeln gefüllte Puten, sagst du, Garrigou?«

»Ja, Hochwürden, zwei Puten, die herrlich mit Trüffeln vollgestopft sind. Glauben Sie mir, ich selbst habe ja geholfen, sie zu füllen. Man hätte meinen können, daß ihnen beim Braten die Haut platzen würde, so straff gespannt war sie ...«

»Jesus, Maria! Wie gern esse ich doch die Trüffel! Gib mir schnell mein Chorhemd, Garrigou ... Und außer den Puten, was hast du noch in der Küche bemerkt?«

»Oh, noch allerlei gute Sachen ... Seit Mittag haben wir nichts anderes gemacht, als Fasanen, Wiedehopfe, Haselhühner und Auerhähne gerupft. Überall flogen ihre Federn herum ... Dann haben unsere Leute vom Teich gebracht: Aale, goldgelbe Karpfen, Forellen und ...«

»Wie groß sind die Forellen, Garrigou?«

»So groß, Hochwürden, riesig! ...«

»O Gott, es ist, als sehe ich sie vor mir! ... Hast du den Wein in die Meßkännchen gefüllt?«

»Ja, Hochwürden, ich habe den Wein in die Meßkännchen gefüllt ... Aber ach! Er schmeckt beileibe nicht so gut wie der, den Sie gleich trinken werden, wenn die Mitternachtsmette aus ist. Wenn Sie nur all das im Speisesaal des Schlosses sähen, die Kannen voll Wein, der in allen Farben funkelt ... Und dann das Silbergeschirr, den fein ziselierten Tafelaufsatz, die Blumen, die Leuchter! ... Nie wieder wird es ein ähnliches Weihnachtsmahl geben. Der Herr Marquis hat alle Edelleute der Gegend eingeladen. Sie werden mindestens vierzig an der Tafel sein, ohne daß ich den Schultheißen und den Amtsschreiber mitgerechnet habe ... Oh, was haben Sie ein Glück dabeizusein, Hochwürden, nichts ist so schön wie der Duft dieser herrlichen Puten; der Geruch der Trüffel geht mir nicht mehr aus der Nase, hmmm!«

»Nun aber, mein Sohn. Hüten wir uns vor der Sünde der Schlemmerei, vor allem heute in der Nacht der Geburt unseres Herrn ... Geh, zünde schnell die Kerzen an und läute das erstemal zur Messe, denn Mitternacht ist schon nahe, und wir dürfen uns nicht verspäten.«

Diese Unterhaltung fand statt an einem Heiligen Abend des Jahres des Herren sechzehnhundertsoundso zwischen dem hochwürdigen Don Balaguère, früher mal Prior der Barnabiten, jetzt Kaplan im Dienste der Herren von Trinquelague, und seinem kleinen Kirchendiener Garrigou; ja, zumindest bildete der sich ein, der kleine Kirchendiener Garrigou zu sein; aber man muß wissen, daß an diesem Abend der Teufel selbst das runde Gesicht und die unklaren Gesichtszüge des jungen Mesners angenommen hatte, um den hochwürdigen Vater besser in Versuchung führen und ihn die schreckliche Sünde der Schlemmerei begehen lassen zu können. Während also der angebliche Garrigou sich an die Glockenseile hängte und die Glocken der herrschaftlichen Kapelle erschallen ließ, zog Hochwürden in der kleinen Sakristei des Schlosses sein Meßgewand an, und während er sich so ankleidete, war sein Geist von der Beschreibung all dieser Gaumenfreuden schon verwirrt, und er wiederholte so vor sich hin: »Gebratene Puten ..., goldgelbe Karpfen ..., Forellen so groß! ...«

Draußen blies der Nachtwind und streute die Töne der Glocken über das Land. An den Hängen des Mont Ventoux, auf dessen Höhe die alten Türme von Trinquelague ragten, tauchten hie und da Lichter aus dem Schatten auf. Das waren Pächter mit ihren Familien, die zur Weihnachtsmette aufs Schloß gingen. In Gruppen zu fünf oder sechs gingen sie singend den Hang hinauf, vorweg der Vater mit der Laterne in der Hand, ihm folgten die Frauen, die sich in ihre großen braunen Mäntel gehüllt hatten, unter die sich die Kinder kuschelten, um Schutz vor der Kälte zu suchen. Trotz der späten Stunde und der Kälte gingen diese braven Leute frisch und munter dahin, getragen von dem Gedanken, daß es nach der Messe wie jedes Jahr unten in den Küchen des Schlosses einen reich gedeckten Tisch für sie gibt. Von Zeit zu Zeit erklomm die Kutsche eines Edelmannes, der Fackelträger vorangingen, den steilen Hang, und das Glas ihrer Fenster glitzerte im Mondschein. Ein Maultier trottete auch vorbei, und hell ertönten die Glöckchen, wenn es seinen Kopf schüttelte. Und im Schein ihrer Laternen, die vom Nebel umwallt waren, erkannten die Pächter ihren Schultheißen und grüßten ihn, als er vorbeiritt.

»Guten Abend, guten Abend, Meister Arnoton.«

»Guten Abend, guten Abend, meine Kinder.«

Die Nacht war klar, und die Sterne funkelten kalt am Himmel. Der Nordwind war stechend, und feine Schneegraupel rieselten über die Kleider, ohne daß diese naß wurden. Wie immer sollte es auch dieses Jahr wieder eine weiße Weihnacht geben. Hoch oben auf dem Berg tauchte ihr Ziel, das Schloß, auf. Wuchtig waren seine Türme und Giebel, der Glockenturm der Schloßkapelle ragte steil in den blauschwarzen Himmel. An allen Fenstern blitzten unzählige Lichtchen auf, verlöschten und tauchten bald wieder auf. Vor dem dunklen Hintergrund des Gebäudes sah das so aus, als wenn Funken in der Asche von verbranntem Papier flimmern.

Wenn man die Zugbrücke überschritten hatte und durchs Eingangstor gekommen war, mußte man, um zur Kapelle zu gelangen, den ersten Hof durchqueren. Der war schon voll von Kutschen, Dienern und Sänften; ganz hell erleuchtet war er vom Schein der Fackeln und des Feuers aus der Küche. Man hörte, wie die Spieße gedreht wurden, man vernahm das Klappern der Töpfe, das Klirren und Klingen des Kristalls und des Silbergeschirrs; so eifrig war das Gesinde dabei, das Weihnachtsmahl herzurichten. Und obendrein war es der lauwarme Dunst, der herrlich nach gebratenem Fleisch und würzigen Saucen roch, der den Pächtern, dem Kirchendiener, dem Kaplan, dem Schultheiß und allen verhieß: »Welch wundervolles Weihnachtsmahl werden wir doch nach der Messe haben!«

Klingeling, klingeling, die Mitternachtsmette beginnt. Die Schloßkapelle ist eine Kathedrale im kleinen, wunderschön geschwungen sind ihre Kreuzgewölbe, bis oben zum Gemäuer reicht ihr Eichengetäfel, überall sind Teppiche ausgelegt und brennen Kerzen. Und wieviel Leute sind da! Welche Gewänder kann man sehen! Ganz vorne sitzt in dem geschnitzten Chorgestühl der Schloßherr von Trinquelague in einem salmfarbigen Taffetgewand; und neben ihm alle eingeladenen Edelleute. Gegenüber auf Betstühlen, die mit Samt ausgeschlagen sind, haben die alte verwitwete Marquise in ihrem feuerroten Brokatkleid und die junge Herrin von Trinquelague Platz genommen. Sie ziert ein hoher Spitzenhut, der nach der neuesten französischen Hofmode gemustert ist, der letzte Schrei. Weiter hinten sieht man, ganz in Schwarz mit weißen Spitzenperücken und glattrasiertem Gesicht, den Schultheißen Thomas Arnoton und den Amtsschreiber

Ambroy; unter all der glänzenden Seide und dem golddurchwirkten Damast sehen sie allzu ernst und gestreng aus. Dann kommen die fetten Haushofmeister, die Pagen, Aufseher und Verwalter. Hinten in den Bänken sitzen die niederen Dienstleute, die Mägde, die Pächter mit ihren Familien; und schließlich ganz hinten die Herren Küchenjungen, sie lehnen sich ans Tor, das sie halb öffnen und dann sachte wieder schließen, sie kommen zwischen den Saucen, um etwas von der Messe zu schnuppern, bringen dabei einen Duft des Weihnachtsmahles in die festlich prangende Kirche, in der es von so vielen brennenden Kerzen fast mollig warm ist.

Ist es der Anblick der kleinen weißen Meßkännchen, der den messelesenden Priester so zerstreut macht? Oder ist es nicht eher das Meßglöcklein von Garrigou, dieses wilde kleine Meßglöcklein, das der Meßdiener Garrigou am Fuße des Altars heftig und laut schüttelt und das die ganze Zeit zu sagen scheint: »Los, nur schneller, je eher wir fertig sind, desto früher werden wir bei Tisch sein.« Jedenfalls ist es so, daß immer, wenn es klingelt, dieses Meßglöcklein des Teufels, der Kaplan seine Messe vergißt und nur noch ans Weihnachtsmahl denkt. Vor seinem geistigen Auge erscheinen die Küchenräume voller Lärm, die Öfen, auf denen geradezu ein Schmiedefeuer brennt, der Kochdunst, der aus halbgeöffneten Deckeln steigt, und in diesem Dunst sieht er zwei prächtige Puten, gestopft und prall gefüllt mit Trüffeln . . .

Oder vor ihm vorbei ziehen Reihen kleiner Pagen; sie tragen Platten, die eingehüllt sind in verführerische Gerüche, und mit ihnen geht er in den großen Speisesaal, in dem alles schon fürs Festmahl gerichtet ist. O welche Wonnen! Da steht der riesige Tisch, ganz beladen und funkelnd: Pfauen, mit ihren eigenen Federn garniert, Fasanen, die ihre knusprigen Flügel spreizen, Flaschen voll rubinroten Weines, Pyramiden von Früchten, die zwischen grünen Zweigen aufleuchten. Und erst diese wunderbaren Fische, von denen Garrigou sprach (o, ja, Garrigou!): Sie liegen ausgebreitet in einem Bett von Fenchelkraut, ihre Schuppen leuchten wie Perlmutt, als ob sie gerade erst aus dem Wasser kämen, und ein Sträußchen duftiger Kräuter steckt in ihren Kiemen. So lebendig ist die Vision dieser wundervollen Dinge, daß es Don Balaguère vorkommt, als ob all diese phantastischen Gerichte vor ihm auf dem gestickten Altartuch serviert würden; und zwei- oder dreimal überrascht er sich dabei, daß er statt des *Dominus vobiscum* das Tischgebet *Benedicite* spricht. Aber abgesehen von diesem kleinen Versehen liest der würdige Herr seine Messe sehr gewissenhaft, ohne auch nur eine Zeile oder auch nur eine Kniebeuge auszulassen. Und alles läuft recht gut bis zum Ende der ersten Messe; denn man muß wissen, daß am Weihnachtstag ein und derselbe Priester drei Messen hintereinander halten muß.

»Eine hätten wir!« sagte sich der Kaplan mit einem Seufzer der Erleichterung, und ohne eine Minute zu verlieren, gibt er seinem Meßdiener oder dem, den er dafür hält, ein Zeichen und . . .

Klingeling, klingeling! Die zweite Messe beginnt und mit ihr auch die Sünde von Don Balaguère. »Schnell, schnell, beeilen wir uns!« schreit ihm mit schriller Stimme das Glöcklein von Garrigou ins Ohr. Doch diesmal ist der unglückselige Priester ganz dem Dämon der Schlemmerei erlegen; er stürzt sich auf das Meßbuch, und mit wildem Heißhunger verschlingt er Seite um Seite. Wie rasend verbeugt er sich, richtet sich wieder auf, deutet die Kreuzzeichen und Kniebeugen nur an und führt alle Handbewegungen nur noch halb aus, um schneller fertig zu sein. Kaum breitet er seine Arme zum

Evangelium aus, schlägt sich kaum mehr zum *Confiteor* an die Brust. Zwischen ihm und seinem Meßdiener ist es ein Wettstreit, wer am schnellsten stammelt; die Wechselgebete überstürzen sich, geraten durcheinander. Die Wörter werden nur halb ausgesprochen, ohne dabei den Mund aufzumachen – das würde zuviel Zeit kosten –, und enden in unverständlichem Gemurmel ...

Oremus ps ... ps ... ps ...

Mea culpa ... pa ... pa ...

Wie Winzer, die es eilig haben, die Trauben in ihrem Bottich zu stampfen, waten die beiden im Latein der Messe herum und verteilen nach allen Seiten hin Spritzer.

Dom ... scum! spricht Balaguère.

... *Stutuo!* ... antwortet Garrigou.

Und dauernd ist dann wieder dieses verdammte Glöcklein da, das schrill in ihren Ohren klingelt wie die Schellen, die man Postpferden umhängt, um sie zu schnellerem Galopp anzutreiben. Eine stille Messe in dieser Gangart, das läßt sich leicht denken, ist schnell gehalten.

»Zwei hätten wir«, sagt sich der Kaplan ganz außer Atem, und ohne sich die Zeit zu nehmen, Luft zu schnappen, läuft er schnell, schwitzend und mit rotem Gesicht die Altarstufen hinunter und ...

Klingeling, klingeling! Die dritte Messe beginnt. Um in den Speisesaal zu gelangen, sind es nur noch wenige Schritte. Aber, ach! Je näher das Weihnachtsmahl rückt, desto ungestümer überkommt den unglücklichen und ungeduldigen Balaguère die Lust der Schlemmerei. Seine Vision wird stärker, die goldbraunen Karpfen, die gebratenen Puten sind da vor ihm. Er berührt sie ... »O mein Gott!« Die Platten dampfen, der Wein strömt seinen Balsamduft aus, und schriller als vorher schreit ihm das Meßglöckchen ins Ohr: »Schnell, schnell, noch schneller!«

Aber wie könnte er noch schneller sein? Seine Lippen bewegen sich kaum noch, er spricht die Wörter nicht mehr aus. Ohne den Lieben Gott zu beschummeln und ihm seine Messe zu stibitzen, kann er nicht schneller sein ... Aber er macht es doch, der Unglückselige! ... Je kürzer sich die Versuchungen in ihrem Abstand folgen, desto häufiger läßt er einen Vers aus, dann zwei. Schon ist ihm die Epistel zu lang, er liest sie nicht zu Ende; vom Evangelium liest er nur ein paar Sätze, er übergeht das *Credo, überspringt das Paternoster*, läßt nur von fern die Praefation erklingen, und ohne die richtige Reihenfolge stürzt er sich, wie er gerade Lust hat, in die ewige Verdammnis, immer gefolgt vom ruchlosen Garrigou *(vade retro, Satanas*, weiche zurück, Satan), der ihm ohne Unterlaß bewundernswert sekundiert, ihm sein Meßgewand hält, im Meßbuch zwei Seiten auf einmal umschlägt, an die Ständer poltert, die Meßkännchen umstößt und unablässig das Glöcklein immer schneller und lauter erklingen läßt.

Welch fassungslose Gesichter da die Gläubigen gemacht haben, das muß man gesehen haben! Sie waren gezwungen, den Gebärden des Priesters zu folgen in einer Messe, von der sie kein Wort verstanden. Die einen erheben sich, als die anderen sich knien, setzen sich, wenn die anderen stehen, und alle Phasen dieses sonderbaren Gottesdienstes geraten auch auf den Bänken der Gläubigen in Verwirrung, jeder verhält sich anders als sein Nachbar. Und der Weihnachtsstern, der dort oben auf Himmelswegen zum kleinen Stall von Bethlehem wandelt, wird bleich vor Entsetzen, als er dieses Durcheinander sieht.

– »Der Pfarrer geht zu schnell vor ... man kann ihm nicht folgen«, flüstert die alte Marquise Trinquelague und schüttelt verwirrt ihre Spitzenhaube.

Seine große stahlumrandete Brille auf der Nase, sucht

Meister Arnoton in seinem Gebetbuch, wo der Pfarrer um Himmelswillen jetzt gerade dran ist. Aber im Grunde genommen sind all diese braven Leute, die ihrerseits auch nur an das Weihnachtsmahl denken, gar nicht böse darüber, daß die Messe in diesem Eiltempo vor sich geht. Und als Don Balaguère sich mit strahlendem Gesicht an die Gemeinde wendet und aus allen Kräften *Ite missa est* schreit, da schallt ihm in der Kapelle einhellig nur eine Stimme aus allen Kehlen zurück: *Deo gratias*, Gott sei Dank, so fröhlich, so begeistert, daß alle glaubten, schon beim ersten Trunkspruch am Tisch des Weihnachtsmahles zu sitzen.

Fünf Minuten später nahmen alle Edelleute im großen Festsaal Platz, der Pfarrer mitten unter ihnen. Im Schloß, das von oben bis unten erleuchtet war, erklangen Lieder, Schreie, Gelächter, und überall vernahm man Lärmen. Der ehrwürdige Don Balaguère aber pflanzte seine Gabel in den Flügel eines Haselhuhns, und die Gewissensbisse über seine Sünde ertränkte er mit einer Flut von Wein und dem Saft guten Fleisches. Er aß und trank soviel, der arme heilige Mann, daß er noch in derselben Nacht an einem fürchterlichen Anfall starb, ohne daß er die Zeit gehabt hätte, seine Sünde zu bereuen. Dann am Morgen, noch ganz im Taumel der Festlichkeiten, kam er vor den Himmel, und wie er dort empfangen wurde, das kann man sich leicht vorstellen:

»Enthebe dich meinem Anblick, böser Christ«, sprach der Oberste Richter, unser aller Herr, zu ihm. »Dein Vergehen ist groß genug, daß auch ein ganzes Leben voller Tugend es nicht aufheben kann. Du hast mir eine Weihnachtsmette gestohlen! Nun gut! Du wirst dafür mit dreihundert Weihnachtsmetten bezahlen, und du wirst nicht eher ins Paradies eingehen, bis daß du in deiner eigenen Kapelle diese dreihundert Messen gelesen hast, und zwar in Anwesenheit all derer, die durch deine Schuld und mit dir gesündigt haben.«

... Doch hören wir nun die wahre Legende um Don Balaguère, wie man sich sie im Lande der Oliven erzählt. Das Schloß von Trinquelague gibt es heute nicht mehr, aber die Kapelle hat sich immer noch erhalten, ganz oben auf dem Mont Ventoux, ein Kranz grüner Eichen umsäumt sie. Der Wind schlägt knarrend ihr aus den Fugen geratenes Tor auf und zu, Gras überwuchert die Schwelle. An den Ecken des Altars haben Vögel ihre Nester gebaut und auch in den gewölbten Nischen der Fenster, deren Glas seit langem zerbrochen ist. Jedoch jedes Jahr an Weihnachten scheint ein übernatürliches Licht in dem alten Gemäuer umherzuirren, und wenn die Bauern hier vorbei in die Messe oder zum Weihnachtsmahl gehen, dann sehen sie diesen Spuk in der Kapelle; überall leuchten unsichtbare Kerzen, die unter freiem Himmel, selbst bei Schnee und Wind brennen. Ihr werdet vielleicht darüber lachen, aber ein Winzer aus der Gegend, Garrigue mit Namen, sicherlich ein Nachkomme von Garrigou, hat es mir bestätigt: An einem Weihnachtsabend hatte er ein wenig gezecht und sich auf dem Berg in der Nähe von Trinquelague verirrt. Was hatte nun Garrigue erlebt ... Bis elf Uhr abends war nichts zu sehen. Alles war still, dunkel, leblos. Doch plötzlich um Mitternacht ertönte ein Glockengeläute aus wohl zehn Meilen Entfernung. Bald schon erblickte Garrigue auf dem Weg, der nach oben auf den Berg führte, Lichter und unendliche Schattengestalten. Und im Hof der Kapelle erklangen Schritte und Flüstern:

»Guten Abend, Meister Arnoton!«

»Guten Abend, guten Abend, meine Kinder ...«

Als alle in die Kapelle gegangen waren, näherte sich unser mutiger Winzer sehr behutsam, und als er durch das eingeschlagene Holztor schaute, gewahrte er ein eigenartiges Schauspiel. Alle Leute, die an ihm vorbeigegangen waren, standen in Reihen um den Chorraum, als ob die Bänke noch im Kirchenschiff der Ruine wären: schöne Damen in Brokat mit Spitzenhäubchen, Herren, die von oben bis unten herausgeputzt waren, Bauern in geblümten Jacken, wie sie unsere Großväter getragen hatten. Und alle Kirchenbesucher sahen sehr alt, verwelkt, müde und wie aus Staub aus. Von Zeit zu Zeit streiften Nachtvögel, das ganze Jahr über Dauergäste der Kapelle, von all diesem Lichterglanz geweckt, um die Kerzen. Deren Flammen stiegen ganz gerade hoch und waren so matt, als ob sie hinter einem Schleier brannten. Besonders aber amüsierte ein Herr mit einer stahlumrandeten Brille, der unentwegt seine hohe schwarze Perücke schüttelte, auf der ein Vogel seine Füße verstrickt hatte; der schlug, ohne daß man es hören konnte, mit seinen Flügeln und konnte von droben nicht mehr los.

Vorne im Chor kniete ein Greis, der so aussah wie ein Kind, und schüttelte verzweifelt ein Meßglöcklein, doch er konnte ihm nicht den geringsten Ton entlocken. Und ein Priester in altem Goldornat trat vor den Altar und sprach Gebete, von denen man kein Wort verstand ... Es war natürlich Don Balaguère, der gerade seine dritte stille Messe las.

[Aus dem Französischen von Erich Ackermann]

Quellenverzeichnis:

WILLIAM ASHLEY ANDERSON, Erscheinung am Weihnachtsabend.
Aus:
Alan Wood, Weihnachten der neuen Welt.
Verlags AG Die Arche 1969.

GEORG BRITTING, Die Könige sind unterwegs.
Aus:
G. B., Sämtliche Werke, Band 1.
List Verlag München.
© by Ingeborg Schuldt-Britting, Höhenmoos.

ALPHONSE DAUDET, Die drei stillen Messen.
Deutsch von Erich Ackermann.
Aus:
E. Ackermann (Hg.), Märchen und Geschichten zur Weihnachtszeit.
© by Fischer Taschenbuch Verlag GmbH, Frankfurt am Main, 1987.

PETER DÖRFLER, Erste Heimkehr.
Aus:
Leo Ernst Berger, Weihnachtliche Zeit.
Don Bosco Verlag, München 1961.
© by Leo Ernstberger, Gräfelfing.

KNUT HAMSUN, Weihnachten in der Berghütte.
Aus:
K. H., Die Königin von Saba und andere Novellen.
Übersetzt von Ernst Brausewetter.
© 1986 by Albert Langen – Georg Müller Verlag in der F. A. Herbig Verlagsbuchhandlung GmbH, München.

KLARA HOHRATH, Das letzte Weihnachtslicht.
Aus:
Gartenlaube Bilderbuch.
München 1902.

LEE KINGMAN, Die Zaubertanne.
Übersetzung von Ursula von Wiese.
Copyright der deutschen Übersetzung 1964 by Verlags AG Die Arche.

JAKOB KNEIP, Weihnachtsbrief eines Abgewanderten an die daheim.
Aus:
Bergweihnacht.
Paul List Verlag, München.

JOHANNES LINKE, Die Christmette.
Aus:
Die Heilige Zeit.
Hrsg. von B. v. Heiseler.
Steinkopf Verlag, Stuttgart, 1958.

SEBASTIAN RIEGER, Vorweihnachten.
Aus:
Reimmichl, Weihnachten in Tirol.
Neugestaltete Auflage 1996.
Tyrolia-Verlag, Innsbruck-Wien.

PETER ROSEGGER; Einer Weihnacht Lust und Gefahr/
Erste Weihnachten in der Waldheimat.
Aus:
P. R., Waldheimat.
Staackmann Verlags KG,
München 1997.

EUGEN ROTH, Der Gang zur Christmette.
Aus:
E. R., Sämtliche Werke, Band 4.
Hanser Verlag, München 1977.
© by Thomas und Stefan Roth, München.

ADALBERT STIFTER, Das sind Weihnachten.
Aus:
Frohe Weihnacht. Hrsg. von Marianne Mehling.
Droemersche Verlagsanstalt, München 1987.

LUDWIG THOMA, Der Christabend.
Aus:
L. Th., Gesammelte Werke.
Piper Verlag, München 1968.

KARL HEINRICH WAGGERL, Advent/Die stillste Zeit im Jahr.
Aus:
K. H. W., Das ist die stillste Zeit im Jahr.
© 1976 by Otto Müller Verlag, Salzburg.

In jenen Fällen, in denen es nicht möglich war, den Rechtsinhaber bzw. Rechtsnachfolger ausfindig zu machen, konnte ausnahmsweise keine Nachdruckerlaubnis eingeholt werden. Honoraransprüche der Autoren und ihrer Erben bleiben gewahrt.

Das Leben auf dem Hof in Storvik in Mittelwestnorwegen ist für Julie alles andere als leicht. Sie und ihr Mann Jørgen werden von seinen Eltern wie Magd und Knecht behandelt. Aber wo Jørgen weich und nachgiebig ist, erweist sich Julie als stark und zielstrebig. Anne Karin Elstad hat einen einfühlsamen und packend erzählten Entwicklungsroman über die Lebensgeschichte einer selbstbewußten Frau in den schwierigen dreißiger Jahren in Norwegen geschrieben.

»Anne Karin Elstad ist eine glänzende Erzählerin.«
Aftenposten

Anne Karin Elstad

Julies fremde Heimat

Roman

Econon | ULLSTEIN | List

B70

Keiner ihrer Verehrer ist Prinzessin Sophie gut genug, ringsum verteilt sie nur Körbe. Unter dem Druck ihrer Mutter Ludovika verlobt sie sich schließlich mit ihrem Cousin, König Ludwig II., obwohl ihr Herz längst einem Unbekannten gehört. Als sich ihr Schwarm als Fotograf Edgar Hanfstaengl entpuppt, der für die Verlobungsfotos mit Ludwig zuständig ist, kann Sophie gegen ihre Gefühle nicht länger ankämpfen. Doch die Affäre der Prinzessin und des Fotografen fliegt auf. Ein Alptraum beginnt, aber Edgar und Sophie kämpfen weiterhin um ihre Liebe ...

Die wahre Geschichte von Sisis kleiner Schwester Sophie.

Natalie Scharf

Sisis kleine Schwester

Roman

Econ Ullstein List

B92

L37

Der neue Bestseller der Autorin der Zuckerbäckerin!

Lauscha, ein kleines Glasbläserdorf im Thüringer Wald im Jahre 1890: Der Glasbläser Joost Steinmann stirbt und die drei Töchter Johanna, Marie und Ruth stehen völlig mittellos da. Als aber der amerikanische Geschäftsmann Woolworth auf seiner Einkaufstour zufällig auf die schönen gläsernen Christbaumkugeln aus Lauscha aufmerksam wird, gibt er eine Großbestellung für Amerika in Auftrag. Die couragierte Marie wittert ihre Chance: Sie bricht mit allen Regeln und wagt es, als Frau kunstvolle Christbaumkugeln zu kreieren. Es sind die Schönsten, die je in Lauscha produziert wurden, und auch Mr Woolworth scheint von ihnen angetan ...

»Eine großartige Familiensaga.«
Coburger Tageblatt

Petra Durst-Benning
Die Glasbläserin
Roman

L2